# 私のカレーを食べてください

幸村しゅう

Yukimura Shu

小学館

# 私のカレーを食べてください

幸村しゅう

contents

# 1．先生のカレーライス

音もなく、しんしんと舞い落ちる雪――。

聞こえはいいが、朝から交通網が乱れるほどの大雪で、これほど卒業式にふさわしくない日も滅多にないだろうという寒空の下、私は高校を卒業した。

明日からは履くこともないローファーで、転ばぬよう慎重に雪道を進んでいく。

べちゃっ、べちゃっ。靴の縫い目から染み込んだ水をたっぷり含んだ足先から、一足ごとに不快な冷たさが這《は》い上がってくる。一刻も早く靴下を脱ぎ捨てたい。今日でなければ、そんなことに気を取られていたに違いない。

18分の11。分母の18は私の年齢、分子の11は施設で過ごした年数だ。

少数で表すと、０・６１１１１１１……。永遠に続く１を切り捨てると、私は人生の61％を児童養護施設で過ごしてきたことになる。

てっぺんに児童という言葉がつく通り、私が入所している児童養護施設は、６歳から18歳までという年齢制限があり、特別な場合を除き、18歳で退所するよう定められている。

高校を卒業した今、恥ずかしさの象徴でしかなかった、「児童」というバッジがようやく外された。だがバッジを外すということは、これまで外敵から私を守ってくれていた、無敵のディフェンスを誇る「保護」という名の壁が取り払われることを同時に意味した。

弱気な顔など見せたくないが、寄る辺なき心細さで、胸の中がざわざわと波立っていく。

そんな気持ちを振り払い、まだ見ぬ壁の向こうへ、想像の翼を羽ばたかせると、

——そこには、誰の足跡もついていない、白砂の世界が見渡す限りに広がっていた。

自分を待ち受けるまっさらな未来に心を躍らせ、私は手に持っていた傘を放り投げた。

灰色の空を見上げ、舞い降りてくる雪を全身で受け止める。

雪が降ろうが、槍《やり》が降ろうが、私の心は雲ひとつなく晴れ渡っていた。

手つかずの未来に気持ちよく酔いしれていると、どこからともなく流れてきた香りが、
私の鼻先をふわりとくすぐった。瞬時に体が反応し、口から唾液があふれ出す。

あぁ、魅惑的なスパイスの香り——。

香りの正体が分かった途端、未来の象徴であるはずの白砂の世界に、カレーライスの皿がでんと鎮座した。ひとたびこのような状態に陥ると、口や胃袋のみならず、体中すべての細胞がカレーを求めて騒ぎ出す。

空想の世界から一気に現実に引き戻された私は、能天気に放り投げた傘を拾い上げ、カレーの匂いに導かれつつ、住み慣れた施設の門をくぐった。

忘れもしない。十一年前、私が施設に足を踏み入れた日、初めて出された食事もカレーライスだった。

◆　◆　◆

幼少時に両親が離婚した後、私は父に引き取られた。と言っても、父は私を祖母の家に預けたきり家に寄り付かなくなったらしく、私は父の顔をぼんやりとも思い出したことがない。

それでも幼さ故に特に不自由を感じることなく、祖母のいくぶん緩やかな愛情に包まれながら、私は成長していった。だが幸せな日々は長くは続かず、私が小学校に入った頃くらいだろうか、祖母の様子に異変が起きた。

煮物を作っていた鍋を焦がす。毎日、欠かさず醬油を買ってくる。当然、台所には醬油の容器がずらりと並んだ。何を勘違いしたのか、冷蔵庫にスリッパが入っていたこともある。お風呂に入る日も飛び飛びになり、私が催促しないと食事を作り忘れることもあった。学校に行っている間は給食があったので、私の生活はなんとか持ち堪《こた》えていた。

だが夏休みに入ったある日、祖母は買い物に出たきり姿を消した。

これまでだって帰りが遅い日はあったし、待っていればそのうち戻って来るだろうと、初めはのんきに構えていた。けれども夕飯の時間が過ぎても祖母は戻らず、空腹を覚えた私は、冷蔵庫の上に置いてある食パンを取ろうと、背伸びをしながら手を伸ばした。

ようやく手にした食パンは、ところどころ青カビが生えていた。

「カビた部分をちぎって焼けば、まだまだ十分食べられる」

祖母が口にしていた言葉を思い出し、私は言いつけに従い飢えを凌《しの》いだ。

翌朝になっても祖母は戻らず、一人で朝を迎えた私は、不安に押し潰されそうになりながらも、幼いなりに知恵を巡らせた。

――もしかしたら、お祖母《ばあ》ちゃんはお父さんを迎えに行ったのかもしれないし、いざとなれば、お父さんが助けに来てくれるかもしれない。いい子で留守番をしていれば、悪いことは起こらないだろう。

そう自分に言い聞かせ、孤独に耐えて留守番を続けた。

「なーるーみーちゃん！」

お昼過ぎ、近所に住む同じクラスの亜弥《あや》ちゃんが私の家を訪ねてきた。学校のプールに一緒に行く約束をしていたのに、私が休んだので心配して様子を見に来てくれたらしい。

「お祖母ちゃんが帰って来ないから、お留守番しなきゃならないの」

「明日はプールに行ける？」

「――分かんない」

夕方になると、亜弥ちゃんは今度はお母さんと一緒に私の家にやって来た。亜弥ちゃんのお母さんは私の前にしゃがみ込み、心配そうな顔であれこれ質問してきた。

「成美ちゃん、お祖母ちゃんはいつからお家《うち》にいないの？」

「昨日の夕方……」

「どこに行ったか知ってる？」

「たぶん、スーパーだと思う」

「昨日、成美ちゃんは一人で寝たの？」

「うん」

亜弥ちゃんのお母さんは、話をしながら私のことをじろじろ観察していた。自分がどう思われているかくらい、亜弥ちゃんのお母さんの顔を見れば察しがついた。

今着ているTシャツには大きなシミがついていたし、今朝は髪も梳《と》かしてないし、私はしばらくお風呂にも入っていない。

「成美ちゃん、おばさんちょっとだけ家に上がらせてもらってもいいかな？　亜弥は成美ちゃんと一緒にここで待ってて」

亜弥ちゃんのお母さんは、私の返事も待たず勝手に家の中に入って行った。本当のことを言うと、私は亜弥ちゃんのお母さんに家に上がってほしくなかった。

家の中は散らかり放題だし、奥の和室には祖母と私の布団が敷かれたままになっている。私だってそのことを恥ずかしく思い、仲良しの亜弥ちゃんですら家に上げたことはない。

玄関から出て来た亜弥ちゃんのお母さんは、黙って私の手を取った。そのまま亜弥ちゃんの家に連れて行かれ、亜弥ちゃんと並んで晩ご飯をご馳走になる。熱々の味噌汁をすすり、祖母とは違う味付けの食事を夢中で頬張っていると、突然チャイムが鳴り響いた。

誰かが私を迎えに来たのだろう。そう思い、手に持っていた箸を放り投げ、慌てて玄関へ向かう。だがドアの向こうに立っていたのは祖母でも父でもなく、制服姿の警察官だった。

「あなたは、これから別のところで暮らすのよ」

数日後、何とか委員というおばさんから、突然そんなことを告げられた。

祖母のことを尋ねると、「お祖母ちゃんは、遠くの知らない場所まで歩いて行ってしまって、今は病院にいるから会えない」と言われた。

心配して駆けつけてくれた担任の先生に、施設に持っていく荷物を整えてもらい、その晩、私は先生の家に泊まらせてもらうことになった。三十歳前後の先生は、本棚ばかりが目立つ殺風景な部屋に一人で住んでいた。

「ご飯の時間まで、好きなことをしてていいからね」

そう言うと、先生は私を置いて台所へ向かった。

一人になった私は、カーペットに足を投げ出して何をしようか考えた。自分の家なら、ごろりと横になってテレビをつけたかもしれない。でもここは先生の家だし、勉強した方がいいような気がして、ランドセルから夏休みの宿題のドリルを取り出すと、算数の問題を一問ずつ解いていった。

しばらくすると、台所から不思議な匂いが流れてきた。それは祖母が飲んでいる漢方薬のような、ハッカの味がするキャンディのような、とにかく私の家の台所から漂ってくる味噌やお醬油なんかとは、まったく違うタイプの匂いだった。

先生が何をしているのか気になった私は、そっと台所を覗《のぞ》き見た。

後ろ姿しか見えないが、先生は何やら熱心にフライパンを揺すっていた。いつもは教壇に立ち、みんなに勉強を教えてくれる先生が、今は自分のためだけに料理を作ってくれている。それだけで、私の胸はいっぱいになった。

ジャッ、ジャッ！　ジャッ、ジャッ！

台所から何かを炒めるにぎやかな音が聞こえ始めると、さっきとは違う種類の匂いが私に襲いかかってきた。刺激的な匂いに胃袋をわし摑《づか》みにされ、腹の虫がせわしなく動き出す。今なら先生が何を作っているか、私は胸を張って答えられた。

夕飯はカレーライスだ。間違いない。

おあずけをくらった犬のように、私はそわそわして落ち着かない気持ちになった。

「ねぇ、まぁだ？」

台所にいるのが祖母なら、そんな風に甘えたかもしれない。だが先生の家にいるという緊張感が、なんとか私に行儀を保たせた。

台所から、カレーライスをお盆にのせた先生が現れた。先生は私の前にカレーライスの皿を置くと、机の反対側に自分用の皿を置いた。

待ちに待ったカレーライスは、祖母が作ってくれる黄色いカレーライスとも、表面に膜が張った給食のカレーライスとも様子が違った。カレー特有のどろりとした感じがなく、濃い茶色のルーの中からお肉とジャガイモがころころ顔を出していた。

「いただきます」

先生と一緒に胸の前で手を合わせ、スプーンを握りしめた私は、口を大きく開けてカレーライスを頬張った。次の瞬間、口の中がカーッと熱くなった。あたふたしている間に鼻の奥に刺激が抜け、ごくんと飲み込むと、熱が出たときのようにどっと汗が噴き出した。

「大丈夫？　ちょっと辛かったかな？」

辛くてびっくりしたわけではない。食欲が一気に目を覚まし、スプーンを持つ手が止まらなくなった。一口食べると、もう一口食べたくなり、私はものも言わず、にこりともせず、無我夢中でカレーライスを掻《か》き込み続けた。

お腹《なか》が空《す》いていたせいか、愛情を込めて作ってくれたおかげか、先生が腕によりをかけて作ってくれたカレーライスは、とにかく衝撃的なおいしさだった。

先生の優しさを差し引いても、今まで口にしてきたカレーライスとはどこか違う。子供心にも、そのことがはっきりと分かった。

あっという間にカレーライスを完食した私に、先生はおかわりをよそってくれた。

「今の成美ちゃんぐらいの年齢だったかな。先生、父の仕事の関係で2年間インドの学校に通っていたことがあってね。言葉が分からないから、最初は友達もできなかったけど、カレーを食べると何だか元気が出てきたの。日本に帰って来た後も、元気が出ないときは、カレーを食べて頑張った。実は先生、料理はあんまり得意じゃないんだけど、カレーだけはちょっと自信があるんだ。成美ちゃんにも元気になってもらおうと思って、カレーライスを作ったんだけど、先生、こんなことしかできなくてごめんね……」

そう言って先生は謝ったが、先生が作ってくれたカレーライスは、私の生存本能に火をつけた。その証拠に、カレーライスを食べる前も、食べている最中も、食べ終わった後も、私は夢のような幸福感に包まれていた。

翌朝になっても、昨晩食べたカレーのおいしさが忘れられず、私は朝食にカレーライスをリクエストした。一晩寝かせたカレーは、昨日のカレーよりも更においしく、私は寂しさも悲しさも忘れて、夢中でカレーライスを食べ続けた。

その日の晩、施設に入所した私の目の前にカレーライスの皿が置かれた。

幸か不幸か、極めて平凡なカレーライスを食べたことで、先生が作ってくれたカレーライスが、私の舌に、心に、記憶に、強烈に焼き付けられた。

◆　◆　◆

部屋に戻った私は、ぐっしょりと水を含んだ靴下と、二度と着ることのない制服を潔く脱ぎ捨てた。室内着に着替え、階段を駆け下り、一階の食堂へ向かう。

たとえ頭の中がカレーライスで満たされていようとも、時間前に食堂に行くほど、私は恥知らずな食いしん坊ではない。私が厨房に向かう目的は、調理を手伝うことにあった。

調理師の中には、厨房に児童が入ることを嫌がる人も多い。安全性や衛生面を考えれば、それも当然なのかもしれない。だが調理師の中で宮《みや》さんだけは、いつも私を笑顔で迎え入れてくれた。

「まずは、きちんと手を洗いなさい」

厨房に入るに当たり、宮さんは『注文の多い料理店』のように、いくつかの決まりごとを私に課した。

「あなたの手で触れたものが、人様の口に入ることを忘れちゃダメよ」

手を拭いた後、宮さんは自分の手にセルフマッサージを施した。一本ずつ指を揉《も》みほぐす宮さんの動きをなぞり、私も自分の手を柔らかく揉みほぐしていく。

「まずは優しい手を作ること。その手で作った料理が食べた人の栄養になって、みんなの体を大きくするんだからね」

そう言うと、宮さんはいつも最後に目をつむった。

飾り気のない白衣で身を包み、目元や口元にしわが目立つ宮さんは、お世辞にも綺麗な人とは言えなかったが、目を閉じている宮さんの横顔を見ると、なぜだか私はホッとした。

「料理を食べる人の顔を思い浮かべなさい。そしてその人が健康で、元気で、笑顔になる料理を作りなさい」

子供の頃から、何十回、何百回と繰り返し見てきた宮さんの仕草と台詞《せりふ》は、今ではすっかり私の一部となっている。

この施設だけなのか、それともどこも似たり寄ったりなのかは知らないが、施設で働く職員は、移り変わりが非常に激しかった。労働時間も不規則だし、トラブルを抱えた児童やその家族と接することでストレスを抱えることも多いのかもしれない。当たり前だが、女性の職員は妊娠や出産で休暇を取ったり、退職したりすることもある。私の知らない事情もあるのだろうが、とにかく施設の職員は、始終、異動や退職であたふたしていた。

現在の施設長も、昨年チェンジしたばかりのおっさんなので、私はロクに話をしたこともない。私が施設に来た当初からここにいる職員は、厨房で働く宮さんだけだった。

調理師として働く宮さんは、私が施設に来た理由を聞くこともなく、勉強の出来、不出来も気に留めず、いつも変わらぬ態度で接してくれた。私は料理を手伝いたいという気持ちより、居心地の良さを求めて宮さんのそばにいたように思う。

進路を考える時期になると、学校や施設の先生たちは、景気の動向に左右されない、医療や福祉の資格が取れる学校に行くことを強く私に勧めてきた。夢や希望を聞かれることなく、食いっぱぐれのない選択肢をごり押しされる中、私は調理の道に進もうと既に心に決めていた。

「将来、何があっても困らないように、資格だけは取っておきなさい」

周りの大人たちが口を揃《そろ》えてそう言うので、私は免許を取るため調理師学校に進学することにした。

高校を卒業したら施設を出なければならないが、アパートで一人暮らしをするより、寮の方が家賃が安かろう。そんな私の予想に反し、女子寮は安全性を考慮したオートロックのマンションが多く、その上、女子ウケを狙った小綺麗な物件ばかりなので、当然家賃は、私が手を伸ばしたところでかすりもしない金額だった。

ぎりぎり手が届く家賃の寮は一ヶ所しかなく、その部屋が空いたという連絡が入ったので、早速下見に出かけた。

鍵を開けて中を見せてくれたお兄さんは、タイトなスーツをさらりと着こなし、物腰も柔らかく、非の打ちどころのない人に見えた。しかし――、

「ＩＨヒーターのキッチンは、火事の心配がありませんし、何よりお掃除が楽ですよ」

この時、私は生まれて初めてガスコンロのない真っ平らなキッチンを目にした。

突如、宮さんが口にしていた台詞が、脳内でリプレイされる。

『お鍋の中をよく観察しなさい。お芋を煮るときも、お豆を煮るときも、食材が気持ちよさそうに居眠りするような温度になるよう、こまめに火を調節するのよ――』

「私、ガスコンロじゃないとダメなんです！」

「もちろん、よそ様にはそのような物件もあるでしょうが、今から探すとなるとかなり厳しいかもしれませんよ」

施設を出る約束の三月末まで、既に二週間を切っていた。

# 2. ハングリーな部屋でスパイスを学ぶ

交通費を節約するため、私は調理師学校まで自転車で通えるアパートを探すことにした。地図をコピーし、学校を中心にコンパスでぐるりと円を描き、円の内側にある駅に足を運び、しらみつぶしに不動産屋を当たっていく。

古くたって、汚くたって構わない。何ならいわくつきの物件だって我慢する。

だが一年で最も引っ越しが多い時期に、限りなく安い物件を求め、おまけに保証人のいない私を相手にしてくれる不動産屋は、まったくと言っていいほどなかった。

日も暮れてきたので、今日はここで最後にしようと決めた不動産屋に足を踏み入れる。

ドアを開けた瞬間、店内に充満するタバコの煙で吐き気を催した。店の男は客が来ることなど想定していない様子で、椅子にふんぞり返ってタバコをふかし、悠々とスマホを眺めている。私に気づくと、値踏みするような顔つきで舐《な》めるように視線を動かした。

「あの、部屋を探してるんですが……」

入った手前、そのような言葉を口にすると、男はタバコを揉み消しながら椅子を勧めた。

「条件は？」

「できるだけ、リーズナブルな部屋を探してます」

「リーズナブルっつったって、ピンキリ訳アリいろいろだよ」

「あの、実は私、保証人がいないんですが、大丈夫でしょうか？」

「大丈夫なわけないだろ。せめて理由くらい説明しろよ」

「施設の出身なので……」

「じゃあ、施設長に頼めばいい」

「なるべく迷惑をかけたくなくて……」

「仕事は？」

「四月から専門学校に入学するので、今は働いてません」

「あんた今まで、どこの不動産屋にも相手にされなかっただろう」

悔しいが図星だった。

「保証人がいない場合、保証会社に依頼することもできるが、今のあんたの状況だとそれも厳しい。それに施設長は何がしかの保険に入っているはずだから、家賃を払わずトンズラされても、立て替えた費用はいずれ補塡《ほてん》される。だから遠慮せず、使えるものは使っておけ」

「はい……」

「安いのは風呂なしアパートだが、今時そんなレアな物件は滅多にお目にかからない。あったとしても、男なら台所のシンクで髪を洗えるが、女だとそういうわけにもいかないだろう。アイデンティティが歪《ゆが》むからやめておけ」

よれよれのワイシャツに、だらしなくネクタイを締めた男の口から、アイデンティティという言葉が出てくるとは思ってもみなかった。

「駅から遠くてもいいのか？」

「自転車を買うつもりなので」

「譲れない条件は？」

「ガスコンロさえ使えれば結構です」

男と話していると、入口の扉が開き、レジ袋をぶら下げたおじさんが入ってきた。

「どうもどうも、ご苦労さん」

松ぼっくりに無理やり手足をひっつけた体型のおじさんは、袋から弁当を取り出すと、私の前に座っているネクタイ男に手渡した。

「えーと、おたくはお客さん？」

「はい」

「このお姉ちゃんは四月から学校に通う予定で、できる限りリーズナブルな物件を探している。保証人は親じゃないが頼める人物はいるし、駅から遠くても構わないそうだ。今の時期だとほとんどの物件は埋まっているだろうが、横井《よこい》の婆《ばあ》さんのアパートなら空いてるんじゃないか？」

ネクタイ男は松ぼっくりと席をチェンジしながら、私の希望を驚くほど的確に説明してくれた。

「なんであんたが、あの婆さんのアパートのことを知ってるんだよ」

「こないだ、家族に内緒で相続の相談を受けたんだ」

二人の会話を聞く限り、ネクタイ男は不動産屋の人間ではないような気がした。

「俺が店番しててやるから、今から案内してきたら？」

「結構古い物件だけど、行くだけ行ってみる？」

そう言うと、松ぼっくりは私の顔を見た。

「はい」

ネクタイ男は慣れた手つきで弁当にかかっている輪ゴムを外すと、私がいるにもかかわらず、弁当の蓋を開けた。その途端、店内にカレーの匂いが一気に充満した。営業中の店でカレーを食べるなんて非常識だと思ったが、もうすぐ閉店の時間なのかもしれない。

店を出るとき、ネクタイ男に会釈をしたが、男は私に見向きもせず、一心不乱にカレーを掻き込んでいた。


せかせかした足取りで、右斜め前方を進んで行く松ぼっくりは、私より頭一つ背が低かった。

「——おたく、見えちゃったりする人？」

「はい？」

「ほら、霊とかさ。ああいうのって、見える人と見えない人がいるじゃない」

「もしかして、誰かが亡くなった部屋なんですか？」

「いやいや、だーれも死んでない。死んではないけど、どこでも結構なんて言っといて、後から文句つけてくる人多いんだよね」

「あの、さっきお店にいた人って……」

「あいつは二階の部屋を借りてる弁護士。弁当を買いに行ってる間、店番を頼んだだけ。俺たちコンビニの弁当は食わない主義だから、交代で弁当屋に買い出しに行くわけ」

弁当の主義など知ったこっちゃないが、ネクタイ男が人を食った態度だった理由がこれで分かった。

とっぷりと日が暮れた人通りのない住宅街を、奥へ奥へと進んで行く。

昔の刑事ドラマに出てきそうな古びたアパートの前まで来ると、松ぼっくりは錆《さ》びついた階段をえっちらおっちら上っていった。一番奥の扉の前で足を止め、コートのポケットに手を突っ込み、鍵を取り出した。

「この部屋、長いこと空き物件だったから、電気が止められてるんだよね」

扉を開けた松ぼっくりは、玄関に置いてある懐中電灯で中を照らしてくれた。

パっと見は、人が住める程度のアパートに見えた。だが、ガスの元栓があることを確認しなければ話は進まない。ほこりが目立つ室内に、靴を脱いで上がることに抵抗を感じた私は、靴下を汚さぬようバレリーナのようにつま先立ちになりながら、キッチンに向かってちょこちょこ進んで行った。

ガスの元栓らしき突起を見つけたので、松ぼっくりに問いかける。

「ここって、ガスコンロは使えるんですか?」

「元栓に繋《つな》げば、問題ないと思うよ」

その言葉に、ひとまず胸を撫《な》でおろす。

「六畳一間に、四畳半の台所。風呂とトイレは別。ここのアパートの大家さん、かなり高齢だから亡くなったら即刻取り壊しになると思うけど、それでも構わなければ、これほど安い物件はないね」

松ぼっくりから提示された家賃は、私の予算より二割以上安い金額だった。これまで何十軒も不動産屋を回ったが、部屋を見せてくれたところは今まで一軒もなかった。

「ここに決めます！」

目の前にぶら下げられたチャンスに、私は勢いよく飛びついた。

◆　◆　◆

かれこれ三年前――。高校に入学した私は、卒業後に自立するための資金を稼いでおく必要があったため、どこの部活にも所属せず弁当屋でアルバイトを始めた。

級友たちのように、どこそこのフラペチーノには目もくれず、三年間、コツコツ貯金に精を出した結果、なんとか目標金額を積み立てることに成功した。

その資金を元に、無事賃貸契約を済ませ、アパートの鍵を受け取った。

桜並木を通り抜け、希望に胸を膨らませ新居へ向かう。

道すがら、黒い服を着た人たちと何度もすれ違い、嫌な予感がくすぶり始めたその時、後ろからやって来た霊柩車が私を追い越し、ウィンカーを出しながらアパートのすぐ先の敷地へ入って行った。

なるほど、松ぼっくりが言っていたのはこのことか――。

まぁいい。めげるほどのことではない。火葬場は天国への入口だ。

錆びついた階段を駆け上がり、未来への扉を押し開くような気持ちで鍵を差し入れる。

「入るときまでには、綺麗にしとくから」

扉を開けると、ほこりだらけだった室内は、約束通り、きれいに清掃が施されていた。畳を張り替えてくれたらしく、いぐさの青い香りが部屋中に満ちている。昭和の雰囲気を存分に味わえるこのアパートは、おんぼろではなくレトロだと思うことにしよう。風呂もレトロ。トイレもレトロ。何もかもレトロ。楽しいではないか。

だが空気を入れ替えようと窓を開け、爽快な風とともに現れた光景は、少々のことではめげないつもりでいた私の心を、みるみるうちに萎《しぼ》ませた。

窓の向こうには、灰色の墓石が整然と並んでいた。霊感はなくても墓は見える。なまじ視力が良好な分、石に刻まれた文字まで読める。

閉店直前にもかかわらず、松ぼっくりが部屋を案内してくれた理由がようやく分かった。ハングリーな部屋のせい、というか、おかげというか、私の気合は燃え立つようにめらめらと高まっていった。

ママチャリを買い、自力で引っ越しを行う。ガスコンロと冷蔵庫と洗濯機はリサイクルショップで揃えたが、配送は明日になると言われた。

贅沢《ぜいたく》はしない。おいおい揃えていけば良い。

手続きが遅れたので、電気とガスも明日にならないと使えないと言われたが、今晩は銭湯にでも行って、ろうそくの明かりで過ごすことにしよう。

足取り軽やかに買い物に出かけたが、私は物を一つ選ぶのに、苦しくなるほど悩みまくった。質や値段を考慮し一つに絞る。そこに正解などなく、自分の好きなものを選べばいい。分かってはいるものの、感謝と我慢を美徳とする生活が長かったせいか、私には忍耐力はあっても、決断力というものが著しく不足していた。

寝具だけはなんとか選んだが、さすがに掛け敷き二枚の布団を背負って帰るわけにもいかず、配送を依頼する。へとへとになった割に買い物は進まず、銭湯に行く気も失《う》せ、真っ暗な部屋にろうそくを灯《とも》し、コンビニ弁当を食べた。

パジャマに着替えようと服を脱ぎかけ、カーテンがないことに気付く。たとえ裏が墓地だろうと、覗くのは幽霊しかいなかろうと、堂々と着替える気になれず洗面所で着替えを済ませた。

セーターを丸めて枕にし、毛布にくるまりエビのように体を丸めて寒さを凌ぐ。

一人暮らしの一日目は、想像よりもはるかに無残なスタートを切った。

家具もカーテンもない、がらんとした部屋の窓から、三日月だけがきれいに見えた。

◆　◆　◆

施設で過ごした十一年間。私はお正月から大晦日《おおみそか》まで、決められた時間に、決められたものを食べてきた。そのことに文句を言うつもりは更々ない。おかげで私は、少々のことではビクともしない健康な体を手に入れた。

だがこれからは、自分が食べたいときに、自分が食べたいものを、自分の手で料理して食べたい！　そんな願いを叶《かな》えるべく、私は自炊をスタートさせた。

作りたいメニューは、十一年前から決まっていた。

それは施設に入る前日、先生の家でご馳走《ちそう》になったカレーライスだった。

「調理道具だけは、ちゃんとしたものを買い揃えて大切に使いなさい。安物を何度も買い替えるより、はるかに愛着が湧くからね」

施設を退所する際、宮さんからそんな言葉を贈られた。その教えに従い、調理道具の購入には吟味を重ねた。

食材を買いにスーパーに行き、カレーが売られているコーナーに足を向ける。陳列棚には所狭しとカレーのルーが並べられ、上から順に数えてみたら44種類もあった。ちなみにレトルトカレーは更に多く、根気強く数え続けた結果、78種類も陳列されていた。

はぁ……。ため息をつきながら商品を手に取り、ひとつずつ説明書きを読み込んでいく。

悩んだ挙句、私はスパイシーな辛口カレーを選び、家に戻ると早速調理を開始した。

ある程度予想はしていたが、出来上がったカレーはごく一般的な味だった。マズいわけではないが、目指すべきカレーとは似ても似つかぬ味だった。

それ以降、私はカレーライスを作り続けた。材料を変え、ルーを変え、玉ねぎをアメ色になるまで炒めるなど、思いつくことをひとつひとつ試していく。だが先生のカレーとの距離は一向に縮まらず、あの時、私の胃袋をわし摑みにした、魅惑的な香りがまったく立ち上がってこなかった。

うーん。目を閉じて、記憶の糸をたぐり寄せる。

先生のカレーの味を再現するにあたり、何よりも強力な手がかりは匂いだった。

魔訶不思議な香りが鼻先をかすめ、台所を覗くと、フライパンを揺すっている先生の後ろ姿が見えた。その後、次から次へと違う香りが加わり、最終的にカレーの匂いになった。

子供の頃、インドの学校に通っていたという先生は、おそらく市販のルーを使わず、スパイスを使ってカレーを調理したのだろう。

「香り」＋「香り」＋「香り」＋「香り」＝「カレー」という方程式を解読するには、スパイスの勉強をする必要がある。私は急遽《きゅうきょ》、図書館へ向かった。

図書館の本棚にはカレーの歴史に始まり、カレー評論、家で作るカレー入門、インドカレーの作り方、スパイスの教科書、並んでも食べたいカレー店といった、カレーに関する書籍がずらりと揃っていた。

借りられる限度分の本を抱え、貸出カウンターに並ぶ。15冊も本を詰め込んだ鞄《かばん》は、手がちぎれそうになるほど重かったが、無料《ただ》で知識を得られるのだから、鞄の重さに苦情を言える立場ではない。

家に戻り、本を読み進めるうち、スパイスというのは何十、何百と種類があるものの、基本的には3つの作用に絞られることが分かった。
①辛みづけ

②色味づけ
③香りづけ
——以上。思いのほかシンプルだ。
①の辛みの正体は、レッドチリ（唐辛子）、ペッパー（胡椒《こしょう》）といった、聞き覚えのあるお馴染《なじ》みの材料だ。
②のカレーの色味は、主にターメリックで作られる。ターメリックというのは、要は「ウコン」のことで、ウコンは大根を黄色く染めてたくあんにしたり、酒を飲む季節になると、頻繁にコマーシャルが流れる例のヤツだ。
どうやら一番難易度が高いのは、③の香りづけらしい。

その際、重要となるのはスパイスを投入するタイミングで、大雑把に分類すると、初期、中期、後期と、スパイスの特性により投入のタイミングが異なることが分かった。

スパイスはそのままの形で使う「ホールスパイス」と、細かく粉砕された「パウダースパイス」に分類され、パウダーにするときはフライパンで乾煎《からい》りし、すり鉢かミルで細かくすると風味が出ると書いてあった。

幼い私が匂いにつられて台所を覗いたとき、もしかしたら先生はこの作業をしていたのかもしれない。

私は必要なスパイスをメモし、少し遠いが、品揃えが豊富な大型スーパーに足を運んだ。

スパイスコーナーは朝礼に並ぶ生徒のように、一定の分類に従って、几帳面《きちょうめん》にスパイスが陳列されていた。必要なスパイスをかごに入れ、レジに向かう。提示された合計金額が思っていた以上の額になり怯《ひる》んだが、もう後戻りはできない。大切に使おうと心に決めた。

家に帰り、早速実験を開始した。机の上に本とノートを広げ、買ってきたスパイスを一列に並べる。本と照らし合わせながら、スパイスの色と形を確認し、香りを嗅いだ。最後に味を確認しようと、「クローブ」という花のつぼみのスパイスを口の中に放り込んだ。

うげぇ、マジぃ……。

舌先に痺《しび》れを感じる衝撃的な味に慄《おのの》きながら本に目をやると、スパイスの香りは熱した油で抽出されると書いてある。

なるほど、炒めればいいわけね。

さて、どのスパイスを炒めようかと、再び本に目を移す。どうやらカレーの香りの中心となるのは、「クミン」というスパイスらしい。クミンは、初期に香りを立たせるスパイスの代表格で、カレーらしさを表現する重要な役割を担っていると書いてあった。

クミンの容器を手に取り、手の平に中身をパラパラのせる。見た感じは、細めに削った鉛筆の芯ほどの小さな種だ。本によると、セリ科に分類されている。

「せり、なずな、ごぎょう、はこべら、ほとけのざ、すずな、すずしろ、これぞ七草」

季節や行事をやたらと大切にする施設で、毎年、七草粥の登場とともに呪文のように言わされた、あの「せり」の仲間らしい。

クミンの本領を知るべく、私は油を垂らしたフライパンの中に小さな種を放り込んだ。温度の上昇に従い、油の中でふつふつと種が躍りだす。

フライパンから立ち上ってきた香りは、オリエンタルというか、エキゾチックというか、とにかく日本在住の私が嗅いだことのないタイプの香りだった。

ぐー。腹の虫がすかさず反応を示す。

本によると、クミンは消化を促進させる効能があるらしく、食べる前から消化を促されれば、腹が鳴るのも当然だ。

フライパンでスパイスをひとつずつ熱しながら、私は香りと味を確認していった。

クローブ、シナモン、カルダモン、ターメリック、コリアンダー、チリペッパー……。

「寿限無《じゅげむ》、寿限無、五劫《ごこう》の擦り切れ……」

落語家の新弟子が「寿限無」に出てくる長名を暗記するように、私はスパイスの名前をつらつらと暗記していった。

スパイスの探究にはまだまだ時間がかかりそうだが、そろそろバイトを探して生活費を稼がなくてはならない。しかし私はカレーライスに夢中、というか、ほとんど取り憑《つ》かれていた。

インドカレー、タイカレー、欧風カレー、ジャパニーズカレー。

カレーという文字を見るたび、スパイスの香りを嗅ぐたび、狂おしいほどカレーライスが食べたくなる。だがまずは、スパイスの使い方をマスターしたい。

学校近くのインド料理店の店先に、アルバイト募集の紙が貼ってあるのを発見した私は、すぐさま店の扉を叩いた。

# 3. 面と向かって、カレー臭いと言われれば

いよいよ学校が始まった。私が入学した夜間部の授業は18時半からスタートした。

「この紙に、自分の名前と卒業後の抱負を書いて提出してください」

担任は頃合いを見計らって紙を集めると、抱負とともに名前を読み上げ、名前を呼ばれた者は立ち上がり、皆に向かって挨拶をした。

「予約の取れない人気店のシェフになりたい」

「卒業後は、イタリアに修業に行く」

「一流ホテルで働きたい」

「自分の店を持ち、ミシュランの星を取る」

クラスメイトが抱く壮大な抱負を耳にし、私はこの時点で自分が完全に後れを取っていることを知り愕然《がくぜん》とした。

「あのなぁ、どんな夢を持とうと構わないが、店を持つのに調理師の免許は必要ないんだぞ。そこいらの素人《しろうと》だって、芸能人だって、好き勝手に開業できるんだ。なのに、わざわざ調理師学校に入学したのは、料理の基礎を学ぶためなんじゃないのか？」

級友の抱負を聞かされるたび、うなだれ過ぎて、額と机の距離がぐんぐん縮まっていた

私は、担任が発する締めらしき言葉を耳にし、亀のように頭を持ち上げた。

あれ、私の抱負が読み上げられていない……。

できることなら、抱負を書いた紙を奪い返しに行きたいと思っていたので、私はスルーされたことにむしろ感謝した。

「具体的な料理名を書いたのは、この中で一人だけだった。おいしいカレーを作りたい。山崎《やまざき》成美」

よりによって、大トリかよ！

あまりにも子供っぽい抱負を書いてしまったことを心の底から悔やみつつ、私は幽霊のように立ち上がると、誰とも目を合わさず頭を下げ、すぐさま席に着いた。

「料理が上達する道はひとつしかない。料理を作る。自分が作った料理を食べて、ひたすら考える。そしてまた作る。この繰り返しだ。基礎課程の修得に才能は必要ない。今後は料理と真摯に向き合うように！」

才能は必要ない――。

その言葉を聞き、スタートでこけた私はようやく肩の力が少し抜けた。

インド料理店の募集要項には調理スタッフと書いてあったが、実際の仕事は掃除と皿洗いがメインだった。ランチの時はホールの仕事に駆り出され、頼み込んでようやく教えてもらえたのはラッシーの作り方だけだった。

そうは言っても、毎日調理を目にしているので学びも多い。

お国柄なのか、はたまた人柄なのか、インド人シェフの調理はびっくりするほど大らかで、分量など一切量らず、塩もスパイスもスプーンでひょいひょいすくい、鍋の中に放り込んでいった。玉ねぎだって弱火でじっくりなんて炒め方はせず、強火でガンガン。肉を煮るときも強火でゴボゴボといった感じで、実にダイナミックにカレーを仕上げていく。

考えてみれば、なにぶん暑い国だし、冷蔵庫のない時代からカレーを作っているので、強火の調理は殺菌作用も兼ねているのかもしれない。

以前、中華の達人が麻婆豆腐を作っているところをテレビで見たことがあるが、やはり分量なんか量らず、大きなお玉を器用に使い、調味料を中華鍋に放り込んでいた。そういえば宮さんだって肉じゃがや筑前煮なんかを作るときは、お酒も醤油も瓶から直接お鍋に注いでいたっけ。

練習を重ね続けたピアニストは、心と指が連動するようになるという。同様にプロの料理人は、味覚と手が連動するようになるのかもしれない。ピアニストは音に合わせて指を動かす練習をするが、私は何を練習すればいいのだろう。

食材や調味料を自由自在に扱えるようになること。料理人として、それは然《しか》るべきことかもしれないが、初心者の目標としてはあまりに範囲が広過ぎるような気がした。

まずは、カレー一本に絞ろう。

目標を定めた私は、次にいつまで経っても先生のカレーを再現できない理由を考えた。

舌だ。いや、舌というより味覚だ！

今の私に決定的に欠けているもの、それは味覚の経験値だった。

だがこればかりは、カレーを食べに行く機会を増やさないとどうにもならない。

私は名店と呼ばれる店のカレーライスを、片っ端から食べ歩くことにした。

◆　◆　◆

ドンドン！　ドンドン！

訪ねて来る人など誰もいないと思っていたら、郵便局、宅配便、ＮＨＫの集金、その他さまざまな勧誘が、我がボロアパートの扉をノックした。なぜ、どいつもこいつもブザーを鳴らさず、扉を叩《たた》くのだろうと不審に思い、試しに玄関の外に出てブザーを連打し、耳を澄ました。

「――――」

静寂の理由を理解した私は、カレー屋のバイトの後、不動産屋へ自転車を飛ばした。

松ぼっくりは今日も弁当を買いに行っているのか、店にいたのは例の感じの悪い弁護士だった。

「よぉ、あん時の前途多難なお姉ちゃんじゃねぇか。どうした、幽霊でも出たか？」

思うに、この男は人を不快な気持ちにさせる天才らしい。この手の人とは下手《へた》にかかわらない方が身のためだ。

「ブザーが壊れてるので、修理をお願いしに来ました」

「我慢しろ」

「えぇ！　でもこういう場合って、普通修理してくれるんじゃないんですか？」

「あのアパートの大家は結構なご高齢で、いまだに昭和のままの感覚で生きてるんだ。下手に修理を依頼して息子が絡んできたら、家賃を見直すということになりかねない。だから今はそーっとしておけ。修理は更新の時に言えばいい」

「――あなた、不動産屋の方じゃないんですよね？」

男は上着の内ポケットから名刺入れを取り出すと、将棋の駒を指す棋士のような仕草で、私の前に名刺を置いた。視界のど真ん中に置かれた名刺を眺めると、
弁護士　豊永 悦之――。

男は名刺に書かれた『悦』の字を指さした。

「この字を読んでみろ」

「えつ、です」

「頭の悪い奴は、えつとしか読めないが、この字は、のぶとも読む。俺の名前はパッと見トヨエツだが、正しくは、のぶゆきだ」

「はぁ」

「名刺は引っ越し祝いにくれてやる。そんじょそこらのお守りより、よっぽどご利益があるぞ」

大してご利益があるとも思えなかったが、とりあえず名刺を財布にしまっていると、突如、男の口から吐き出された無遠慮極まりないセリフが、私の乙女心を粉々に打ち砕いた。

「どうでもいいが、どうしてお前はそんなにカレー臭いんだ？」

私は一日三食カレーを食べているので、そのような指摘を受けても仕方がない。仕方はないが、面と向かってカレー臭いと言われれば、私とて女子の端くれなので、それなり以上の衝撃を受ける。

「さ、さっきまで、カ、カレー屋でバイトしてたので……」

「カレー屋つったって、いろいろあるだろうよ」

「インドカレーです」

「雑なくくり方をするんじゃねぇよ。インドは北と南じゃ作るカレーが全然違うし、ネパールやスリランカのカレーも、ざっくりインドカレーに含まれることもあんだろ」

「南インドカレーです」

「初めから正確に伝えろ、時間の無駄だ」

トヨエツめ――。

心の中で悪態をつきながら、私は店を後にした。

入学早々、クラスは二つのグループに分裂した。自分で学費を払うグループと、親が学費を払うグループだ。どちらのグループにも属していないのは、クラスで私だけだった。

未成年者が携帯電話を買う場合、保護者の同意が必要となる。インターネット契約も同様の場合が多いので、せめて家に電話を引こうと思ったが、高額な上、ほとんど家にいないのでそれもやめた。

よって私はいかなる連絡手段も持たず、周りからは不便だなんだとやいやい言われたが、放っておいたらいつの間にか孤立していた。

そんな私に気さくに話しかけてくるのは、隣の席のチャラ山《やま》だけだった。

チャラ山は、村山《むらやま》という至って地味な苗字《みようじ》だが、金色に染め上げた髪と、耳には大きめのピアスという、見るからに浮わっついた外見の男で、おまけに「卒業後はイタリアに行く」と誰彼構わず吹聴しているので、入学早々チャラ山というあだ名がついた。

チャラ山は自己紹介をした翌日から、私のことを無許可で成美と呼び捨てにした。

「ねぇ、チャラ山。私、真実が知りたいんだけど……」

「うん」

「あのさ……、もしかして私って、カレー臭い、かな？」

「真実を言えというなら、イエスだ」

その答えに大きくため息をつく。だが、このため息にもカレー臭が含まれているかもしれないと思うと、気軽にため息すらつけない自分がとことん情けなかった。

「だってさ、成美は三食カレー食ってんだろ？　俺ならそういうもったいないことはしないね。一日三回、一食一食に命を懸けなきゃ、いい舌は育たねえよ」

チャラ山は舌を育てるという口実で、あっちこっちの店を食べ歩き、その感想をＳＮＳやレビューサイトにあげ、フォロワー数を増やすことを生き甲斐《がい》としている。

時折、私の耳にも、チャラ山のことを良く思っていない連中の陰口が入ってきた。

料理を作ることより、食べることに情熱を傾けるチャラ山を軽蔑の目で見ないのは、どうやらスマホを持っていない私だけらしい。

「成美の働いてる店って、サイトの評価低めだけど、実際のところどうなのよ」

「マズくはないけど、感動するほどのカレーではないし、私が目指してるカレーとも違うかな」

「そんな店で働いたって意味ねーじゃん。一ノ瀬《いちのせ》が働いてる店なんて、ミシュランで星取った割烹《かっぽう》だぜ。どうせならそういう店で働けよ」

「でもさ、二年間飲食店で働けば、調理師免許の試験を受けられるのに、どうして一ノ瀬くんはわざわざ学校に通うんだろ？」

「罠《わな》だよ」

「何それ？」

「調理師免許を取るための奨学金を補助します――。店側からしたら、簡単に辞められたら育てた分だけ無駄になるだろ？　だからそんな言葉で親と本人を納得させつつ、金と恩を使って店に引き留めようとするわけよ。看護学校なんかも同じ手を使うようだけど、人材不足の業界はどこも似たような手口で若い奴らを引きずり込むんだ。言ってみりゃ、奴隷契約みたいなもんだな」

「私も資格だけは取っとけって、周りからさんざん言われた」

「そりゃまぁ、そうかもしれないけど、一ノ瀬と成美は忙し過ぎて飲み会にも来ないじゃないか。たまには外で飯を食うことも大切だぞ」

「断るのが面倒だから、毎回誘わなくていいって」

「そういう切ないことを言うんじゃないよ」

チャラ山には悪いが、飲み会に行くより、カレーを食べることにお金を使いたい。

実際、その方が実りも多く、何より楽しくて仕方がなかった。

◆　◆　◆

私は味覚を育てるべく、カレーの名店を渡り歩いた。

カレーを食べ終わり、口の中に味が残っているうちに、酸・苦・甘・辛・鹹《かん》（塩味）の味覚を示す五角形と、スパイスの比率や感想などを、毎回ノートに漏らさず記録していく。

一口にカレーと言っても、提供されるものは店によって千差万別で、カレーそのものの味の違いはもちろん、ご飯やナンとのバランス、接客や価格設定など、長所、短所はまちまちだった。中には、女の私でもイラッとするほど量が少ない店や、生ぬるいカレーを出され、半端なきがっかり感を覚えた店すらあった。

私は時間とお金が許す限り、カレーの食べ歩きを続けたが、心の底から満足できる店には未《いま》だ出会えずにいた。同時並行でカレーに関する本を読み漁《あさ》り、バイト先のシェフからスパイスのことを教わりながら、カレー研究に没頭する日々を送った。

いくつかのスパイスをブレンドし、自己流で調合したカレー粉やガラムマサラを自分の舌で確認するとなると、必然的に一日三食カレーという日々が続く。

だが悲しいかな、日本人の遺伝子を持つ私は、気持ちより先に体が悲鳴を上げた。

その日は朝からトイレに籠《こも》りっぱなしで、バイトにも行けず、食事も取れず、ついに連続カレー記録に終止符が打たれた。

お昼前、お腹の具合がようやく落ち着いたので、薬と飲み物を買いに外へ出る。火葬場があるせいか、近所に買い物ができる店がないので、駅の反対側まで足を延ばした。

脱水気味で頭がぼんやりし、おぼつかない足取りでふらふらしてると、唯一まともに働く嗅覚が、吹き抜けていく風の中に、わずかなスパイスの香りをキャッチした。

食欲などカケラもないくせに、口から唾液があふれ出す。警察犬のように嗅覚を頼りに辺りをうろつくと、匂いの発信源の店はすぐに見つかった。

そこは、三匹の子豚の末っ子が建てたようなレンガ造りの建物に、ツタが上へ上へと這っている、喫茶店のような佇《たたず》まいの店だった。

看板にカレーの文字を探したが、情けなくも、私は看板に書かれた漢字が読めなかった。

『麝香猫』

漢字を見る限り、何かが香る猫のようだが、それって一体どんな猫だ？

何のお店か見当もつかないので、窓に近づき中の様子を覗き見る。すると、店内はそこそこ人が入っており、その上、お客は揃いも揃ってカレーライスを食べていた。

私は思い切って店の扉を開け、今日だけはカレーを食べないつもりでいたにもかかわらず、席に着くなりカレーライスを注文した。店内をぐるりと見回したが、カレーを前面に押し出している雰囲気はどこにも見られず、黒縁眼鏡をかけた店員が一人で店を切り盛りしていた。

カレーを作る様子を観察しようと思ったが、私が腰掛けたカウンターの椅子は土台がグラグラしており、座り心地がすこぶる悪く、隣の椅子と交換しようか迷っていると、「お待たせしました」の一言もなく、カレーライスの皿が置かれた。

目の前に現れたカレーライスは、大きめのフリスビーくらいの丸いお皿に、ライスとルーがきっちり半円ずつ盛られていた。右側部分の濃い色のルーの中に、鶏肉の塊がごろりと二つ寝転んでいる。私はこれっぽっちも期待せず、これも勉強とカレーライスを口に入れた。

——ん。

再度、スプーンでカレーをすくい、口に運ぶ。

あれっ？

私は店の様子から、お家レベルのカレーにチャチャッとアレンジを加えた程度の、言ってしまえば、ありきたりなカレーライスが出て来るものだとばかり思っていた。だが二口食べただけで、自分の思い込みが完全に間違っていたことを悟った。

このカレーは、きちんとスパイスを使って作られている。

水を飲んで口内をリセットし、味覚を総動員するつもりで三口目を味わった。

まず、軽快なフットワークでスパイスが鋭いジャブを放った。玉ねぎの甘さを感じた直後、小気味よい辛さが口の中を縦横無尽に駆け抜けていく。

硬めに炊かれた米粒が、旨《うま》みの強いルーをしっかりと受け止めていた。

四口目は、嗅覚を最大限に研ぎ澄ませた。

カレーを口に入れた瞬間、ガラムマサラの風味がふわりと膨らんだ。自己主張し過ぎず、かといって謙虚過ぎず、鼻の奥から爽やかな香りがスッと抜けていく。口に残ったほのかな香りは、麦の穂を揺らす風のようにざわざわと食欲を掻き立てた。何なのだ、何なのだ、このカレーは一体何なのだ！

私は疑問を埋めるべく、皿から口へ激しくスプーンを行き来させた。

ふと我に返ると、目の前に置かれた皿からカレーライスが消えていた。

あっという間に胃袋に収まったカレーライスは、私が作った歴代のカレーライスと比べ、はるか上空を飛んでいくコンドルのような圧倒的存在感を放っていた。

体にじんわり汗をかき、あーおいしかった、あーおいしかったと、阿呆《あほう》のように呟《つぶや》きながら帰路につく。

その日は学校に行っても何も手につかず、家に帰るなり床に就いた。

朝起きると、薬を飲まなかったにもかかわらず、お腹の調子はすっかり元に戻っていた。元気になると、俄然《がぜん》ヤル気が湧いてくる。

カレーの味を盗むまで、あの店に通い続けよう！

私はそう心に誓った。

二回目は、開店時間の11時ぴったりに店を訪れ、キッチンが見渡せる席に座った。

店にいたのは、先日と同じ黒縁眼鏡のおじさんだったので、もしかしたらこの人が店長なのかもしれない。だが今日も「いらっしゃいませ」の一言もなく、無言で私の前に水を置いた。

カレーライスを注文したが、11時半からだと言うので仕方なくコーヒーを注文する。ちびりちびりとコーヒーを啜《すす》りながら、私は本を読むふりをしてキッチンを盗み見た。

コンロには寸胴《ずんどう》鍋と小鍋とフライパンが用意されていたが、特別凝った調理器具は見当たらず、スパイス類も光の当たらぬところに保管しているのか、目が届くところには一切置いていなかった。既にカレーの香りが充満しているので、調理はあらかた終わっているのかもしれない。

店長は寸胴鍋からカレーをすくい、小鍋に移した後、火にかけた。おそらく私に提供する分のカレーなのだろう。作業工程を見落とさぬよう、私は店長の動きをしかと観察した。店長はくるりと背を向けると冷蔵庫からガラス瓶を取り出した。蓋を取り、慎重に瓶を傾けながら、小鍋に黒い液体を注ぎ入れていく。

次の瞬間、アラジンのランプから大男が現れるように、鍋の中からスパイスの香りがむっくと立ち上がった。それを機に、我が腹の虫が恥ずかしいほど暴れ出す。

私の体は飢えた獣のようにカレーライスを欲していたが、今日の目的はカレーに使われている材料や、スパイスの配分を把握することにある。理性の手綱《たづな》をぐいっと引き寄せ、私は食欲の暴走をなんとか食い止めた。

一人の客も来ないまま11時半になり、私の目の前にカレーライスの皿が置かれた。

震えるほどの興奮を抑えながら、カレーライスをスプーンですくう。スプーンの到来を待たずして、だらしないほど口元が緩んでしまったが、カレーが口の中に入るや否や、スパイス集団が先陣を切って攻撃を仕掛けてきた。

敵ながらあっぱれな働きぶりと感動しつつ、スプーンを口から抜き去ると、カレーが舌に、味蕾《みらい》に、粘膜に、触れた。

カチリ――。

スイッチが入った途端、私は制御不能な状態に陥った。欲望のまま、本能のまま、カレーライスを体内に摂《と》り込んでいく。幻のコンドルとともに上昇気流に乗り、翼を広げて大空を舞ううち、当初の目的などどこかに吹き飛んでしまった。

我を忘れてカレーに溺《おぼ》れ、気づいたときには、空《から》になった皿が目の前に置かれていた。

またしてもやってしまった……。

最後に鍋の中に入れた黒い液体に、ドラッグ的なものでも入っていたのだろうか。

そうこうしているうちに、一人、また一人と客が来店し、次々と席が埋まっていった。

黒縁眼鏡の店主も忙しそうに働きだしたので、私は会計を済ませて外に出た。

外に出たものの、Uターンしてもう一度あのカレーを食べたい！　本気でそう思った。身悶《みもだ》えするほどの中毒性。わけもなく走り出したくなる躍動感。不安が吹っ飛び、体の奥からふつふつと力がみなぎるこの感じ。確か先生のカレーライスを食べた後も、似たようなパワーを感じたことを思い出す。

この正体不明の感覚は、一体何なのだろう――。

私は秘密を探るべく、バイトのない日は欠かさずこの店を訪れるようになった。

# 4. 謎めいた店名と猫との関係性

三回目、店を訪ねたら、店長は「どうも」とだけ口にした。

四回目も「どうも」。

五回目も「どうも」。

週に二回、ひと月お店に通い続けたら、店長は私の前に水を置き、極めて真面目な顔でこう言った。

「あなた、スパイですね？」

黒縁眼鏡の奥から私を見つめる目玉は笑っていない。

私は激しく動揺しつつも、「そういうわけでは……」と、答えを濁した。

「カレーばかり食べたら飽きるでしょう、普通」

「飽きません！」

飽きるどころか、私は今日も食べる気満々だった。

「それでは百歩譲ってスパイでもなく、カレーにも飽きてないということにしましょう。でも僕にとって、あなたの存在はプレッシャーなんです」

「えっ？」

「あなた、いつも僕のこと観察してますよね？　僕としてはもっと気楽に、つまり適当にやりたいんです」

「すみません……」

「余計なお世話かもしれませんが、あなた、何をして生きてるんですか？」

「――何と言われましても……」

「この時間に来るということは学生でもないし、働いてるわけでもない。だからと言って夜の仕事をしてるようにも見えないし……」

「調理師学校の夜間部に通ってます」

「だったら尚更、いろんなものを食べた方がいいんじゃないですか？」

今までカレーを食べ歩いてきた中で、この店のカレーが一番おいしかった。

今日こそ、今こそ前へ進もう。お客が来る前に話を切り出さねば――。

「すみません！」

「はい」

「仕事を手伝わせてもらえませんか？」

店長は、ミルのハンドルを回しながらコーヒー豆を挽《ひ》いていた手を止めると、私にコーヒーミルを差し出した。

「どうぞ」

コーヒー豆を挽きたいわけではありません――。

その言葉を飲み込みながら、静かにミルを押し返す。

一歩も前に進まないが、ここで挫《くじ》けるわけにはいかなかった。

「私、この店のカレーが大好きなんです。何でもやりますから、この店で働かせてもらえませんか？」

店長は私に目を向けたが、その瞳に先ほどのような鋭さはなかった。

「昼食が遅くなっても構いませんか？」

「はい」

「じゃあ、そこに座ってしばらく見ててください」

見ててくださいということは、この店で働かせてもらえるということだろうか。それとも、採用するにあたりテストでもあるのだろうか。とにかく、店にお客が入って来てから出て行くまでの流れを、私は頭にしっかり叩き込んだ。
①お客が来たら、水とメニューを持って行く。②注文を取り、伝票を書いて店長に渡す。③カレーを運び、コーヒーを運び、時々、お水のお代わりを注ぐ。④会計をして、皿を片づけ、テーブルを拭く。
お皿やコップは、手が空いたときに随時洗えばよい。

カウンター席が4つと、2人掛けのテーブル席が4卓だけの小さな店だし、メニューはカレーと飲み物しかないので、なんとかなりそうだった。

店長とお客の動きを眺めていたら、あっという間にランチのピークが過ぎた。

お客が引けた後、店長と二人で遅い昼食を食べる。

「お昼は、毎回カレーですよ」

「嬉《うれ》しいです！」

その答えに店長が顔をほころばせる。この時、私は店長の笑顔を初めて目にした。

「あの、働きたいと言ったのに、大変申し訳ないんですが……」

「前言撤回ですか？」

「いえ、実は今、他の店でバイトをしているので、その店を辞めてからでもいいでしょうか？」

「ひと月くらい前ですかね。アルバイトの子が、何の連絡もなくいきなり来なくなっちゃったんですよ。こっちは事故にでも遭ったんじゃないかと思って、心配するじゃないですか。せめて、辞めますの一言くらいほしかったですね。あなたは、今、働いているところに、きちんと挨拶をしてから来てください」

「はい」

話が続かないので、メニューを眺める。カレー単品800円、カレーセット1000円、セットのドリンクはコーヒーと紅茶のみ。この他にコーヒーの名前がつらつら並び、アルコールはビールが一種類あるだけだった。

「メニューはこれだけなんですか？」

「カレーライスしか作れませんから……」

カランカラン――。耳に優しいドアベルの音が鳴り響くと、サラリーマン風の男性が店に入って来た。店長に視線を向けると、私の目を見てこくりと頷《うなず》いた。

コップに水を注ぎ、メニューと一緒にお客の元へ持って行く。

「カレーセット、コーヒーで」

「かしこまりました」

注文を受けながら、伝票を持っていないことに気づく。私はカウンターの中にいる店長に、口頭で注文を伝えた。

「カレーセット、コーヒーでお願いします」

「伝票に書いておいてください」

そう言われたところで、伝票の書き方が分からない。店長はどう書いているのか、レジ横の伝票ホルダーに刺さっている伝票をめくってみた。

伝票には「カ」、もしくは「S」という文字が並んでいた。

思うに、「カ」はカレー単品で、「S」はセットのことなのだろう。

「S」の横には、「コ」と「工」という、暗号めいた文字がくっついていた。

「コ」はコーヒー、「工」は紅茶の紅の字の右側部分と推測した。

時折、「コ」の前に、「I」と書いたものが混じっていたが、これはアイスコーヒーの「I」の略だと思う。右上に書いてある1~8の数字は、客席番号に違いない。

私は伝票に「S」と書き、その横に「コ」と記入して店長に渡した。

店長は、私が渡した伝票を見てニヤリと笑った。

「もう、暗号は解けましたか?」

はい、と返事をする代わりに、私は店長にニヤリと笑い返した。

◆　◆　◆

実は私、理想のカレーに巡り合ってしまったんです！

正直な気持ちを口にするわけにはいかないが、私は頭を下げて、インド料理店を辞めさせてもらった。

学校に向かって自転車を走らせ、授業が始まる前に図書室に立ち寄った。

今日は回鍋肉《ホイコウロウ》を作る実習があるのだが、私は「甜麺醤《テンメンジャン》」という調味料を使ったことがないので、事前に調べておこうと思ったのだ。

私が知らないものは甜麺醤だけに限らず、授業では聞き覚えのない食材が頻繁に登場した。ルッコラ、クレソン、モロヘイヤ、鱧《はも》にアワビにヤツガシラ……と、数え上げればきりがない。今まで口にしたこともないものが、他の人に比べて圧倒的に多いことを、私は調理師学校に通うようになって初めて知った。

こんなことで、この先やっていけるのだろうか……。

この事実は、調理師を目指す私の心に暗い影を落とした。

その点、カレーライスというのは実に平等な食べ物だと思う。知らない人などいるはずもなく、子供はもちろん、大人にだって根強い人気がある。おまけに懐具合を気にせず、食べた人を元気にさせる。カレーライスが持つ無邪気な平等性に、私は救われているような気がした。

甜麺醬の説明を書き写して顔を上げると、目の前に一ノ瀬くんがいた。

一流割烹で働いているという一ノ瀬くんは、最近見かけない角刈り頭に、全身地味色でコーディネートされた服を着ていた。かく言う私も手持ちの服が少なく、着回ししながら日々凌いでいるので、一ノ瀬くんのことをとやかく言える立場ではないのだが……。

「何を調べてるの？」

「実は私、本格的な回鍋肉を食べたことがないから、甜麺醬のことを調べてたの。恥ずかしながら、今まで私が回鍋肉と思って食べてたのは、ただの豚肉とキャベツの味噌炒めだったみたい」

「回鍋肉って、甜麺醬だけじゃなくて豆板醬《トウバンジャン》も使うだろ。俺、刺激が強いものはあんまり食べたくないんだよね」

「どうして？」

「今は一番下っ端だけど、将来は店の味付けを任される立場になる。舌がバカだと、吸い物やなんかの微妙な塩加減が分からなくなるらしいんだ。だからコーヒー、チョコレート、刺激物はなるべく口にしないようにしてる。でもそうすると時間を潰そうにも、公園か図書室くらいしか行き場がなくてさ」

将来のためにストイックに修業している一ノ瀬くんを、私は心の底から尊敬した。

「私はカレー屋でバイトしてるから、一ノ瀬くんの店じゃ働けないな」

「コーヒーは我慢できるんだけど、カレーだけは時々無性に食べたくなるんだよなぁ」

そう言って目を細める一ノ瀬くんは、頭の中に、心の中に、どんなカレーを思い浮かべ

ているのだろう。でもそれを一ノ瀬くんに聞くのは酷な気がして、私は一ノ瀬くんの前で
カレーの話をするのは避けようと心に決めた。
◆　◆　◆

レンガ造りの店の扉を開けると、ドアベルが柔らかい音色を奏でた。

「おはようございます」

「おはようございます」

黒縁眼鏡の店長と、互いに挨拶を交わす。

何となく察しはついていたが、店長はあれこれ細かく指示する人ではないらしいので、私は自主的に掃除に取りかかった。外に出て店の周辺を掃いて回り、店内に掃除機をかけ、テーブルとカウンターの上を拭き、トイレを掃除する。続いてスプーンと紙ナプキンを補充したカップを、テーブルの上に配置していった。

店長はカレーの仕込みが一段落すると、開店前に挽きたての豆でコーヒーを淹《い》れてくれた。店長が淹れてくれるコーヒーは舌にほのかな苦みが残り、私は口の中から大人になっていくような気がした。

「あの、私、いらっしゃいませって、言ってもいいんでしょうか？」

コーヒーを飲みながら、店長に気になっていたことを質問する。

「僕はお客とベタベタするのは苦手だし、一人で働いていたので、これ以上店が混まない

よう愛想の悪い男に徹してましたけど、世の中というのは不平等ですからね。僕が無愛想でもぎりぎり許されますが、あなたが同じことをすると、いらぬ反感を買ってしまうかもしれません」

お店のために、自分のために、私は努めて明るく振る舞った。

「いらっしゃいませ！」

「お待たせしました」

「ありがとうございました！」

働き始めて分かったのだが、店長は決して愛想の悪い人ではなかった。

いらっしゃいませとは言わずとも、お客に顔を向けて会釈をし、常連の人には会釈に加えて笑顔をつけた。ここに来るお客さんたちも、それで良し、としているように感じた。

朝から学校に行く時間までバイトに精を出しながら、私の心は日に日に重くなっていった。通常の面接とは違う形で働き始めたので、私は未だ店長に履歴書を提出していなかった。

鞄の中に履歴書が入った封筒を忍ばせてはいるものの、機会を摑めず出しそびれ、だからといって、そのまま知らぬ振りを通すのは、何だか卑怯《ひきょう》なことのように思えた。

正直な生い立ちを書き、それで何か言われるのなら仕方ない。腹をくくって履歴書を渡したが、店長は「あぁ、どうも」と受け取ったきり、私の過去について何ひとつ触れてこようとしなかった。

それより晴れて店員になったからには、店の名前くらい正確に把握しておかねば示しがつかぬ。

「店長、恥ずかしながら私、看板に書いてある一文字目の漢字が読めないんですが……」

店長は紙ナプキンにボールペンで「麝香猫」と書くと、ペンの先で「麝」という字を指した。

「常用漢字じゃないので、読めなくても恥ではありませんが、この字はジャコウネコの『ジャ』と読みます」

「ジャコウネコ」という響きに、私は不思議の国のアリスに出てくる「チェシャ猫」を連想した。

「ジャコウネコって、この世に実在する猫なんですか？」

「少なくとも、インドネシアには生息しているはずです」

「えっ！　それって生きてるってことですか？」

「もちろんです」

「どうして猫の名前を店名にしたんですか？」

「この店の名前は前のオーナーがつけたんです。僕は店を譲り受けるとき、店名を引き継いだに過ぎません。以前、ここはコーヒー専門店だったんですが、世界で一番高価なコーヒーは『コピ・ルアク』と言って、ジャコウネコの糞《ふん》に含まれた豆を使ったものなんです」

「糞、ですか……」

「コーヒー豆というのは、実は豆ではなく果実の種なんです。通常、果肉の部分は水で洗ったり、乾燥させたりして取り除くんですけど、ジャコウネコがその果実を食べると、消化されなかったコーヒーの種が、糞として排出されるわけです」

「はぁ」

「猫の体内を通過し、腸内細菌や消化酵素で発酵された種は、独特の風味が加わり、希少性も相まって、高値で取引されるようになったそうですよ」

「それって実話なんですか？」

「実話も何も、今でもこの方法で製造された豆が流通してます」

「最初に飲んだ人は、めちゃめちゃ勇敢ですね」

どれだけ高価だろうと、私はとてもじゃないが、そのコーヒーを飲む気になれなかった。

「前のオーナーの時から経営が傾いていたようなんですが、何年くらい前になりますかね、コンビニの店頭でコーヒーを売るようになったじゃないですか。あのあたりから客足がガクッと減りましてね。それでカレーライスを始めたんです」

「お世辞じゃなく、この店のカレーライスは本気でおいしいです」

「元々カレーを出したくて店を始めたんですけど、理想の味を出すのに思いのほか時間がかかってしまいまして……」

制服のつもりなのか、毎日よれよれのダンガリーシャツを着ている店長は、決して口数が多い方ではなかったが、話しかければきちんと答えてくれたし、年齢が離れている私に対し、いつも丁寧な受け答えをしてくれた。

けれどもプライベートなことを聞かれたくない私は、店長だけでなく、基本的に誰に対しても、自分から何かを質問するのは極力避けるようにしていた。

だから店長に家族がいるのか、この店を引き継ぐ前は何をしていたのか、どうしてあんなにおいしいカレーを作れるのか。とにかく今の段階では、知らないことだらけだった。

# 5. カレー屋の企業秘密

アパート、カレー屋、学校を結んだ三角形の辺上を、毎日、自転車でぐりぐり走り回っている私は、町中でトヨエツの姿をしょっちゅう目にした。

アパートから駅に向かう途中に不動産屋があり、トヨエツの事務所は不動産屋が入っている雑居ビルの二階にある。カレー屋は駅を通り越した先にあるので、地理的条件を考えると、遭遇する確率が高いのは当然のことと言えた。

けれども私はトヨエツを発見するなり、すばやく自転車のハンドルを切って脇道にそれ、遭遇を回避することで、棘《とげ》ある言葉から我が身を守っていた。

今日も私は三角形の辺上を走っていたが、目的地はカレー屋ではなく不動産屋だった。電話を持たない私は、バイト先の変更を伝えておいた方がいいかと思い、不動産屋に向かっていたのだが、残りあと10メートルというところで、弁当の袋をぶら下げたトヨエツがどこからともなく現れた。

逃げ切ることもできず、雑居ビルの入口でトヨエツと鉢合わせになる。

「よぉ、前途多難じゃねぇか。今度は何が故障した」

私が心の中でトヨエツと呼んでいるように、トヨエツの中で私は〝前途多難〟というイメージがすっかり定着しているらしい。

「バイト先が変わったので、連絡先の変更に来たんですが……」

「家賃さえ払っていれば、余計なことはしなくていい」

トヨエツは不動産屋の人間ではないが、指示は的確なので、私は不動産屋に寄るのをやめた。

「南インドカレーの次は、どこにしたんだ？」

「実は、今度の店もカレー屋なんですけど……」

その言葉を聞くなり、トヨエツは眉間にしわを寄せ、私を睨《にら》みつけた。カレーの分類に妙に神経質なトヨエツは、カレー屋という極めて曖昧なくくりに腹を立てたに違いない。

「えっとですね、その店は一言では語り尽くせないカレーを出すんですが、私が今まで食べたお店の中で一番おいしくて――」

「店名！」

「ジャコウネコっていう、ちょっと変わった名前のお店なんですが、駅の反対側の道をまっすぐ行くと……」

トヨエツは私の説明を無視して、スマホの画面に素早く指を走らせた。

「おい！　何だこりゃ。タヌキみてぇな顔の猫しか出てこねぇぞ！」

「漢字で入力してみてください」

トヨエツは再び指を動かした後、眉間のしわを更に深めた。

「今時、口コミ3件ってありえねぇだろ。ド田舎の蕎麦屋《そばや》だってもうちっとマシだぞ」

「でもホントにおいしいので……」

トヨエツは私の言葉も聞かず、雑居ビルの薄暗い階段をズンズン上っていった。

ランチのお客が引き、油断しているとあくびが出そうな午後のけだるいひと時。

店長は小さくジャズを流しながらブイヨンのストックを作り、私は玉ねぎの皮をひたすら剝《む》いていた。

ギャラン、ギャララン！

いつもは優しい音を奏でるドアベルが、尋常ではない音で鳴り響いた。

驚いて入口に目をやると、扉の向こうからスーツ姿のトヨエツが現れた。トヨエツは私に気づくと、挨拶のつもりなのか、片方の口の端を引きつったように引き上げた。

奥のテーブル席にどさっと腰を下ろしたトヨエツに、お水とメニューを持って行く。

「いらっしゃいませ」

声をかけてもトヨエツは返事をせず、メニューに目を走らせた。

「カレーセット、アイスコーヒー」

それだけ言うと、スマホをいじり始めた。

店長にも聞こえたのだろう、早速カレーを作り始めている。

トヨエツの視線が自分に向いていないのをいいことに、私は初めてトヨエツの顔をまじまじと眺めた。トヨエツはこの上なく口が悪いし、性格は歪んでいるし、人を拒絶するオーラを放ちまくっているが、顔のつくりは意外と端整、と言えなくもなかった。

正確に言うと、中学生くらいまでは端整だったであろう面影が若干残ってはいるものの、社会の荒波に揉まれ過ぎたのか、現在はアクの強さの方が完全に勝っていた。

だがその元端整な顔立ちは、残念ながら一分ともたなかった。

「お待たせしました」

カレーを運ぶと、トヨエツは顔に似合わず華奢《きゃしゃ》な指先でスプーンを握り、実にスマートな仕草でカレーライスを口に運んだ。しかし口に含んだカレーを飲み込むや否や、お預け状態で待機していた犬が、飼い主に「よし！」と許可されたような勢いで、カレーライスをがっつき始めた。

私が言うのもなんだが、食事の仕方で品位が分かる。行儀作法にうるさい人なら、はしたない食べ方に眉をひそめるに違いない。トヨエツの食べ方は、行儀もへちまもあったもんじゃない。まさに犬食いというべき、下品極まりない食べ方だった。

トヨエツはカレーライスを食べ切ると、間髪いれず私を呼び付けた。

「おかわり」

テレビで見る大食い選手権のチャレンジャーのように、トヨエツは飲むような勢いで、2皿目のカレーライスを胃袋に収めた。食べ終わった後、しばし放心していたが、食後のアイスコーヒーをズズズーッと一気に飲み干すと、いきなり立ち上がり、会計を済ませて店から出て行った。

唸《うな》り声をあげながら、渦の中に家も車も飲み込んでいく。そんなハリケーンの襲来を目の当たりにしたような気持ちになった私と店長は、トヨエツが出て行ったドアをしばし呆《ぼう》然《ぜん》と眺め続けた。

「お知り合いの方ですか？」

「知り合いというか、お世話になった不動産屋の二階にいる弁護士さんです」

「見事な食べっぷりでしたね」

「はぁ」

「あの人を見てたら、子供の頃飼っていた犬のことを思い出しましたよ」

店長も犬のようだと思って見ていたのか……。

変なところで意見が一致するものだと、私は妙に感心した。


翌日、ハリケーン2号が再び店に上陸した。

前回、おかわりをしたので、私は注文を受ける際、「大盛りもできます」と付け加えたのだが、「おかわりすることに意義があるんだ！」と、トヨエツは私の助言をきっぱり拒絶した。何の意義かは知らないが、トヨエツはこの日もカレーライスを二杯食べて帰って行った。

まさかと思ったが、その翌日もトヨエツは現れた。

そういえば、初めて不動産屋を訪れたときも、カレー弁当を食べていたことを思い出し、からかい半分な気持ちで声をかける。

「カレーがお好きなんですね」

「飯に悩むほど、俺はヒマ人じゃねぇ。昼はカレーと決め、それ以来、カレーを食い続けてる」

ここ数日の様子から鑑みると、確かにトヨエツはカレーを食べ続けることで、自分なりの哲学を貫いているらしい。だがよくよく考えれば、トヨエツ同様、私も毎日カレーを作ることと、食べることを自分に課しているので、私たちの体を構成している栄養素は、不本意ながら限りなく近い気がした。

それ以降、16時になるとトヨエツは毎日店に出没するようになった。

「あなたに気があるんじゃないですか？」

「絶対にそれはありません！」

店長がそんなことを言い出す気持ちも分からなくはないが、もしも私にカケラほどでも好意を持っていれば、さすがに例の犬食いはしないだろう。

私が何かの拍子に「トヨエツ」と口を滑らせて以来、店長もトヨエツのことを「トヨエツさん」と呼び始めた。

「トヨエツさんは、まさに客の鑑《かがみ》ですねぇ」

「二人前、食べるからですか？」

「良い客の三原則。暇な時来る、話をしない、引き際がいい」

「なるほど」

「それに食後の皿を見れば、カレーへの思いは自《おの》ずと伝わってきます。多くの人はルーを米側に寄せるので皿全体が汚れますが、トヨエツさんは白飯を巧みに移動させながら、計画的にルーを追い込んでいく。最も効率良くルーをすくい取る方法を心得ているので、トヨエツさんの食後の皿は申し分なく美しい」

「確かに――」

「しかもトヨエツさんは毎日二杯カレーを食べるので、週六日カレーを食べる我々より、体内カレー濃度が高いわけです。これは、日本人としては驚異的なレベルと言えるんじゃないでしょうか」

「私、毎日三食カレーです」

「えぇっ！」

「毎晩、家でカレーを作って食べてますし、朝食も夜の残りのカレーなので……」

「あなた、もはやそれは中毒レベルですよ」

店長がカレーを作り、私が運び、トヨエツが食べる。

そんな規則正しい毎日が、足早に過ぎていった。

◆　◆　◆

二十歳の誕生日を迎え、未成年者から成人になった私は、開店と同時に携帯電話の販売店に飛び込んだ。ようやく手に入れたスマホに頰ずりをし、私が最初にしたことはカレーに関する情報を検索しまくることだった。

お酒やタバコの解禁には目もくれず、行ったことのないカレー屋の口コミを読み漁っていると、不意にチャラ山の口コミにぶつかった。そのままズルズルと書き込みを読み進めるうち、チャラ山の調理師としての姿勢はさておき、食に対する並々ならぬ情熱と、繊細な味覚表現に、私は大いに感銘を受けた。

翌朝、店長がカレーの仕込みを終えた頃を見計い、私は自分の電話番号を記したメモを店長に差し出した。

「携帯電話を買ったので、何かの時はこの番号に連絡してください」

「成美さん、いつ二十歳になったんですか？」

いつからか、店長は私のことを成美さんと呼ぶようになり、私が携帯電話を持たない理由も知っていた。

「昨日です」

「どうして、そういう大切なことを黙ってるんですか。土曜日は学校がありませんよね？ささやかなお祝いがてら残業してもらいますから、そのつもりでいてください」

店長はズボンのポケットから自分のスマホを取り出すと、メモに書かれた私の携帯電話の番号をプッシュした。

プルルルル――。新しいスマホが初めて音を立てる。

「僕の電話番号です。良ければ登録しておいてください」

「ありがとうございます」

私は新規連絡先に「店長」と入力し、登録完了ボタンを押した。

店長とは何の気負いもなく連絡先を交換したくせに、学校のクラスメイトには、今更遅いんだよ、と思われるのが癪《しゃく》で、「連絡先を交換しよう」と素直に言えずにいた。そんな中、隣の席のチャラ山は目ざとく私のスマホを見つけ、勝手に自分の連絡先を登録していた。

「みんなも知っているように、巷《ちまた》には、実にいろいろなタイプのオムライスがあふれている。基本的な作り方は教えたので、来週は自由課題として、オリジナルのオムライスを創作してもらう。材料表を渡すので、各自しっかり計画を立てておくように」

その創作オムライスを作るのが、今日の実習だった。

オムライスひとつ作るにしても、その人の性格や好みはもちろん、生き様まで反映されるということを、私はこの実習で嫌というほど学ぶに至る。

色鮮やかな緑色のほうれん草のソースをまとわせる者。肉が苦手な人はツナを使い、和食の修業をしている一ノ瀬くんは、卵の上にキノコのあんかけをかけて仕上げた。

大きさを揃えて具材を刻み、卵の焼き方もムラがなく、丁寧に作ってあるのは一目で分かったが、一ノ瀬くんの外見と等しく、いかんせん見た目が地味過ぎた。

様々なオムライスが創作されていく中、私が挑戦したのはオムライスカレーだった。

ザルで漉《こ》したなめらかな卵液を、スクランブルエッグ手前の状態に仕上げ、フライパンを巧みに操りながら、中央に置いたバターライスを丁寧に巻き込んでいく。特訓を重ねた甲斐あって、絹の布で巻いたようなオムライスに仕上げた後、スパイスを効かせたカレーソースをまとわせた。

「やっぱ、あいつはカレーだよ」

「それしか、頭にないんじゃん？」

私のオムライスをバカにする声がちらほら聞こえてきたが、そんな批判を吹き飛ばし、調理室にいるすべての人の関心をかっさらったのは、チャラ山のオムライスだった。

チャラ山は、オリーブ、ピクルス、ミニトマトなどの素材をカラフルなピンで刺した後、ギトギト光るケチャップライスの上に、ところどころ破けた薄焼き卵を被《かぶ》せた。そのドーム状のオムライスに、色とりどりのピンをハリネズミの如《ごと》く突き刺していった。

完成後、試食をさせてもらったが、ケチャップライスはべちゃべちゃだし、鶏肉は中まで火が通ってなく、フライパンをきちんと洗わなかったせいか卵の色が薄汚かった。

「おまえの狙いも分からなくはない」

奇抜さだけが取り柄のチャラ山のオムライスを、先生がどのように評価するか、誰もが耳を傾けた。

「最近は、見た目の面白さで客を集める店もあるし、時には遊び心も必要だ」

「はい」

「だけど俺は、おまえの作った料理を食べて、非常に不愉快な気持ちになった」

そう言うと、授業中にもかかわらず、先生は教室から出て行ってしまった。

静まり返る室内で、各自、黙々と後片付けに徹する。チャラ山が一度も練習をしていないことは明らかで、その点については同情の余地はないのだが、調理に対する思いや、取り組み方の違いが、今日の実習で徹底的に露呈されてしまった。

土曜日は学校がないので、いつも私は閉店時間まで残って仕事をする。店長は仕事が終わると、店で唯一取り扱っているアルコール、ハイネケンの小瓶を冷蔵庫から二本取り出し、栓を開けてカウンターに座る私の前に置いた。

店でビールを出すときはコップも添えるが、直接ビール瓶を手に持つ店長を真似て、私もビールの小瓶を手に取った。

「二十歳の誕生日、おめでとう」

小瓶を傾け、乾杯した後、店長は瓶から直接ビールを飲んだ。ビールを一本飲み切る自信がない私は、口をつける前にコップを取りに行くべきか迷っていた。

「このビールは瓶から直接飲んだ方が旨いんです。飲めなければ残したって構いません」

そう言われたので、小瓶を傾け、ビールをほんの少し口に含んだ。初めて口にしたビールは苦みばかりが強く、勢いよく弾ける炭酸とともに喉の奥へ流れていった。

「僕は子供がいないので、二十歳の誕生日に立ち会える機会なんてそうそうありません。無理強いして申し訳ないけど、ビール一本だけ付き合ってください」

「そんな、こちらこそありがとうございます」

誕生日を祝ってくれる人を持たない私は、表情には出さずとも、店長の心遣いが嬉しかった。

「店長は、ご自分の二十歳の誕生日のことを覚えてますか？」

そんなことを尋ねると、店長は腕を組み、若かりし頃に思いを馳《は》せるかのように目をつむった。黙って答えを待っていると、店長は深い息を吐いた後、「――まったく思い出せない」と言って、ビールをぐびりと口にした。

「当時、僕は大学生だったんですが、毎日が慌ただしかったような、でもどこかのんびりしていたような、やたらと腹が減って、それなりに生意気で、簡単に誰かを好きになって、バカなくせして、カッコつけてたことくらいしか思い出せない……」

バカでカッコつけてる若き日の店長に、私は無性に会いたくなった。

「先月、還暦のお祝いと称して、中学の同級生たちが集まったんですけど、あっちでもこっちでも検査や薬の話ばっかりでね。大病を患った奴もいれば、亡くなった奴もいる。自分が元気でも親の具合が悪いとか……。何だか気が滅入《めい》って、一次会で帰って来ちゃいましたよ」

「え、店長って還暦なんですか？」

「一応」

私は還暦を迎えた人をそれほど知っているわけではないが、歴代の施設長たちと比べると、店長の方が見た目も気持ちもずっとずっと若々しかった。

「そんなことより僕としては、二十歳の記念になるものをプレゼントしたいんですが、何かリクエストはありますか？」

「それって、物じゃなくてもいいですか？」

「はぁ、何でしょう」

私は店長に是非ともお願いしたいことがあった。そしてそれは、店長にしか頼めないことだった。

「私に、カレーの仕込みを手伝わせてくれませんか？」

店長はその言葉にきょとんとした後、顔を緩めてこくこく頷いた。

「成美さんはこれまで無遅刻、無欠勤で働いてくれました。権利獲得です」

「あ、あ、ありがとうございます！」

感激のあまり、私はうわずりながらお礼を述べた。


翌日から、店長のレクチャーが始まった。

「成美さんは元スパイですから、教えなくてもできるんじゃないですか？」

そう言うと、店長は私にいきなりフライパンを手渡した。

「すみません、ちょっとだけ待ってもらっていいですか？」

フライパンを横に置き、私は慌てて自分の手を揉みほぐした。

「準備運動か何かですか？」

「えーと、調理を始める前の約束ごとと言いますか……」

手のマッサージを終えた私は、フライパンを手に取った。

「お願いします！」

店長は油を入れたフライパンに、ホールスパイスをひょいひょい投げ入れていった。

「説明しなくても、何のスパイスか分かりますね？」

「はい」

シナモン、クローブ、カルダモン、クミン、スターアニス、ベイリーフ。

私は形を見ただけで、スパイスの名前や香り、効能が浮かび上がるまで、既に特訓を重ねていた。

「玉ねぎの炒め方は本当に諸説ありますが、要は熱で水分を飛ばせばいいわけです。色が変わるまで脱水させた玉ねぎは、甘みを感じやすくなるんです」

玉ねぎをアメ色になるまで根気よく炒め、刻んだニンニクとしょうがを入れた後、ホールトマトの説明を受けた。

「生のトマトは季節や穫れる年によって味のバラツキが大きいので、安定した味を出すには缶詰の方が使い勝手がずっといい。このメーカーのトマトは味が濃いし、じっくり煮込むと、より一層旨みが増すんです」

そのように説明しながら、店長はお玉の底でホールトマトを潰していった。

「カットトマトじゃ、ダメなんですか？」

「煮込み料理には、ホールトマトの方が向いてる気がします」

店長が作るカレーは、ルーの旨みが極めて強い。

丁寧に取ったブイヨンの旨みと、凝縮された野菜の旨み、下味をつけた鶏の旨みが三位一体となって、唯一無二の破壊力を生み出していた。

「インドカレーって、普通、水を使って調理すると思うんですけど、店長はどうしてブイヨンを使うんですか？」

「日本は出汁《だし》の文化が浸透してるので、『旨み』という点に関しては、ことのほか敏感なんです。なので水だけでカレーを調理すると、時に物足りなさを感じることがあるかもしれません」

「それ、すっごく分かります！」

「丁寧にダシを取った蕎麦屋のカレーは実に旨い。原理はそれと一緒です」

人参《にんじん》はフードプロセッサーで細かくし、ジャガイモは形がなくなるまで煮込むことで、ルーにとろみと自然な甘さが加わった。

「スパイスの旨みを引き立てるのに最も重要なのは、実は塩なんです」

そう言うと、店長は普通の塩ではなく、よりまろやかな味の「やきしお」を取り出した。

「スパイスというのは、塩によって長所が引き出されるんですが、だからといって入れ過ぎてしまうと、しょっぱくて食べられたもんじゃない。でも塩が足りないと実に味気ないカレーに仕上がります。一にも二にもバランスが大切です」

「はい」

「カレーライスにおいて、米とルーのバランスは何よりも重要です。白飯だけで食べる場合は、もっちりと粘り気があって、甘みの強い米の方がより旨みを感じます。ですが、カレーライスに限って言えば、硬めに炊いたときに旨みを感じる米の方が、ルーと一緒に食べたとき、双方の良さが引き立つような気がします」

「はい」

その他、ナッツを使ってコクを出す方法、ヨーグルトとカレー粉を使い、鶏肉に下味をつけるやり方、高温と低温を使い分け、肉の旨みを閉じ込める焼き方なども教わった。

店長は仕込みを手伝いたいと言った私に、ひとつひとつ丁寧に調理方法を説明してくれた。だが数種類のスパイスをブレンドして作る、一般的に「カレー粉」と呼ばれるものと、香りをつけるためのミックススパイス「ガラムマサラ」に関しては、最後まで触れなかった。

私が作ったカレーライスを一番初めに食べたのは、16時に店に現れたトヨエツだった。トヨエツはいつもと同様、犬のようにカレーライスをがっついた。完食を見届けた私は、アイスコーヒーに飛び切りの笑顔を添えて、トヨエツの元へ飛んでいった。

「お味はいかがでしたか？」

満面の笑みを浮かべる私に、トヨエツは冷ややかな視線を向けた。

「バカ面《づら》で突っ立ってんじゃねぇよ」

「今日のカレーはいかがでした？」

「見りゃあ分かんだろ！」

トヨエツの前には、舐めたように綺麗な皿が置かれていた。

「合格ですね」

トヨエツが店を出た後、店長から声をかけられる。

「ありがとうございます」

その言葉は嬉しかったが、私はカレー粉と、瓶に入った黒い液体のガラムマサラも含め、この店のカレーのすべてを勉強させてもらいたかった。だが考えてみれば、それこそこの店の企業秘密なのかもしれない。

「あの、つかぬことを伺いますが、カレー粉とガラムマサラは、よそで仕入れたものを使ってるんですか？」

「いやぁ、あれは家でカミさんが作ってるので、スパイスの配合は僕も知らないんですよ」

えっ、カミさん？

店長はいつもよれよれのダンガリーシャツを着ているし、自由気ままな雰囲気が全身から滲《にじ》み出ていたので、私はてっきり独身かバツイチなのかと思い、敢《あ》えてそのことを口に出さぬよう努めていた。

店長はそれ以上、カミさんについて語ろうとしなかったが、カレーの決め手となる本格的なスパイス使いと、香り高いガラムマサラから考えるに、もしかしたら店長のカミさんはインド人なのかもしれない……。

私の中で、カレー粉や瓶に入った謎めいたガラムマサラに加え、店長のカミさんの存在も、この店の企業秘密のひとつとなった。

# 6. カヲタって、ご存じですか?

「工事の段階から、覚悟はしてたんですけどね……」

「このままじゃ、さすがにまずいですよね……」

力ない店長のつぶやきに、力なく私が応える。ランチの時間帯にもかかわらず、店にいるのは私と店長だけだった。

この店は駅から少々距離があるものの、近隣に飲食店が極めて少ないという立地条件に助けられ、これまでなんとかやってこれたが、駅前にファミレスがオープンして以来、見事に客足が途絶えてしまった。

だがしかし、この店にはカレーライスという最強無敵の武器がある!

チェーン展開しているファミレスには到底真似できない、本気度マックスのカレーライスを前面に押し出し、そのおいしさが世間に認知されれば、必ずや売り上げは回復するに違いない。

この店のカレーに心底惚《ほ》れ込んでいる私は、そのことを強く確信していたものの、自分から店長に進言するのはなんだか生意気なような気がして、これまで発言を控えていた。

だが、もうそんなことを言っている場合ではない。店の状況はそれほど切迫していた。

「店長、『カヲタ』って、ご存じですか？」

「は、何ですかそれ？」

「カレーおたくの略です。ちなみにおたくの『お』の字は、片仮名のワイウエヲの『ヲ』を使用します」

「はぁ」

「カヲタのカレーにかける情熱はすさまじく、おいしいカレーがあると聞けば、自らの舌で確認すべく遠方にも足を運び、時に行列に並ぶ暇《いとま》も惜しみません。互いの感動をシェアし、常に情報収集に努め、心からカレーを愛する真のカレーファンのことです」

「つまり成美さんも、そのカヲタという人なんですね？」

「私のような若輩者にカヲタを名乗る資格はありませんが、情報発信なら自由に行えます。ここはカレーの聖地と呼ばれる神保町《じんぼうちょう》や神田と違い、仕事や買い物ついでに立ち寄る場所ではありません。なのでこの店のカレーと出会うためには、何らかの事前情報が必要だと思うんですが……」

「そうですねぇ」

「店長のお許しがいただければ、この店の情報をネットにアップしたいんですけど、構いませんか？」

「構うも何も、ぜひお願いします」

「後々はホームページというか、ツイッターやインスタでも情報を発信した方がいいと思うんですが……」

「僕はその手のことに疎いんですが、専門の業者に依頼した方がいいんですか？」

「ＳＮＳ程度なら私にもできると思います。私が作ってもいいですか？」

「助かります」

店長が作るカレーを心から愛していることが功を奏し、私が発信した情報は、徐々に店の売り上げに反映されていった。チャラ山がいたら、より的確なアドバイスがもらえたと思うが、オムライス事件以降、チャラ山は学校に姿を見せなくなった。

常々、イタリアに修業に行くと豪語していたが、案外チャラ山は日本よりイタリアの風土の方が合っているのかもしれない。そんなことを考えていたら、世の中には口が軽いというか、まことにお節介な輩《やから》がいて、チャラ山の情報をわざわざ私に耳打ちしてきた。

「あのチャラ山がイタリアなんかに行くわけないじゃん。あいつと地元が一緒っていう友達に聞いたんだけど、チャラ山って高校時代引きこもりだったみたいよ」

そんなことを言い触らすあんたより、チャラ山の方がよっぽどいい奴だったよ——。

私は心の中で、行方不明のチャラ山の肩を持った。


雨の日も風の日もママチャリを飛ばして学校に通ったものの、残念ながら私の成績は、胸を張れるものではなかった。才能があるなどとは端《はな》から思っていないが、食に対する劣等感を引きずっているせいか、思い切りが悪く、遊び心に欠け、盛り付けのセンスもいまひとつという有様だった。

「今後、君たちの作った料理は嫌というほど他人の評価にさらされる。その時、他人の意見に真摯に耳を傾け、研鑽《けんさん》を続けた者だけが成長できるんだ。次の実習は決められた食材を使って、自由に調理してもらう。試食後、感想を書いて投票してもらうから、心してメニューを考案するように」

そんな課題を出されたが、私が自信を持って作れる料理はカレーライスだけだった。

心して――。

そう言われたからには気持ちから入ろうと、私は調理に対する姿勢を改めて店長に問いかけた。

「店長はカレーライスを作っているとき、どういうお気持ちでキッチンに立っているんですか？」

「そうですね、カレーを作っているのは僕のようでいて、実は僕自身ではないと思っています」

じゃあ、カレーを作っているのは一体誰なんですか？

そんな心の声が顔に出たらしく、店長は禅問答のような答えに補足を加えた。

「驕《おご》りを捨て、火に委《ゆだ》ねる余裕を持つことも時には大切だということです」

「私に料理を教えてくれた人は、手が大切だと言ってました」

「だから成美さんは、調理前に自分の手をマッサージするんですね？」

「はい」

「人類の進化は、手と火によって始まったといっても過言ではありません。そう考えると料理というものは、人類が最初に編み出したエンターテインメントかもしれませんね」

店長の言葉は、私の心にワルツを踊らせた。

カレーを食べてくれた人を喜ばせたい！

舌も心も、思う存分楽しんでもらいたい！

そして、自分自身も目いっぱい楽しみながらカレーライスを作りたい！

心を自由に解き放ち、私は渾身《こんしん》のカレーライスを完成させた。

完成させたものの、今まで私はオリジナルのレシピで作ったカレーライスを、自分以外の人に食べてもらったことが一度もなかった。

渾身だろうと、至福だろうと、自分で言う分には勝手だが、調理実習といえども、自信作を酷評されようものなら、これまでの努力が無駄になるどころか、私はしばらく立ち上がれなくなるに違いない。

実食タイムが始まったが、緊張し過ぎているせいか、他の人が作った料理を食べてもまったく味が感じられず、口に入れたものを飲み下すだけで精一杯だった。

食後、それぞれの料理について、感想を書いた投票結果が読み上げられた。

蓋を開けてみれば、私が作ったカレーライスはクラスメイトや先生から大絶賛された。

カレーを食べないと宣言していた一ノ瀬くんにも、「旨すぎて苦しいくらいだ」と、お褒めの言葉をいただいた。

だが……、

「五つ星ホテルに就職決まったんだ」

「私は食品メーカーの内定をもらったよ」

老舗の料亭、有名シェフのレストラン、リゾートホテルといった華やかな世界から、病院や学校といった手堅くやりがいがある職場まで——。私がカレーにうつつを抜かしている間、級友たちは次々と就職先を決めていった。

「一体、おまえはいつまで粘る気なんだ？　そんなんじゃ、どこにも就職できないぞ」

担任が、ぐずぐずしている私の尻をひっぱたく。

「私はただ、理想のカレーを追いかけているだけで……」

それ以降、私は担任に声をかけてもらえなくなった。

幼い頃、先生が作ってくれたカレーライスに導かれ、私はカレーを作り始めたが、どれだけ創意工夫を重ねても、先生のカレーのレベルには未だ到達できずにいた。

けれども先生のカレーを追いかけ続けたところで、あの頃と同じ感動を味わえるとも思えなかったし、記憶の底に埋もれかけたカレーライスは、糸が切れた凧《たこ》のように、追えば追うほど私の元から遠ざかっていくような気がした。

いつしか私は先生のカレーを追いかけることをやめ、自分の舌を頼りに、我が道を前進するようになっていった。

実は私が就職先を決めずにいる本当の理由は、それとは別のところにあった。

今の店で私がフルタイムで働くとなると、当然、人件費がかさむ。ＳＮＳのおかげで徐々にお客が増えてきたとはいえ、私を正社員として雇うのは厳しいことくらい、バイトの私にも察しがついた。

いざとなればバイトを掛け持ちすればいい。だが、その前に一度は店長に相談しよう。

今週末、仕事が終わった後、店長に話をしようと心に決めた。

そうして迎えた土曜日。意を決して店長に歩み寄ると、店長がいきなり私に向かって頭を下げた。

「成美さん、申し訳ない！」

「な、何でしょうか？」

「明後日《あさって》、午前中だけ休みをいただきたいんですが……」

出鼻を挫かれ大いに焦ったが、今まで一度も店を留守にしたことがない店長がそんなことを言い出すなんて、よほど大切な用事があるに違いない。私は理由を聞かず、努めて明るく返事をした。

「一人で仕込みもできるようになったので、大丈夫です」

「ありがとうございます。ランチの時間にはなんとか間に合うと思います」

「はい」

「実はここのところ、一人暮らしをしている母の調子が悪かったんですが、ボヤを起こしたと連絡が入りましてね。幸い鍋が焦げただけで済んだんですが、今後のこともあるので、介護保険の申請をしに行こうと思いまして……」

店長の話を聞きながら、私は祖母が鍋を焦がした日のことを思い出した。

「なんか焦げてる臭《にお》いがするよ！」

幼い私は祖母の手を引き、慌てて台所に向かった。私がいたので大事には至らなかったが、祖母は鍋を火にかけていることを忘れただけでなく、異臭にも気づかなかった。

年を取ると目や耳だけでなく、嗅覚も衰えてしまうということを、私は後から教わった。

「あの、こんな時にすみません。ちょっと相談したいことがあるんですが……」

「はぁ、なんでしょう」

「実は就職のことなんですけど……」

「気づかずにすみません。成美さんは、これから就職活動で忙しくなるんですね」

「いえ、あの……」

「就職先が決まったら教えてください、その時は盛大にお祝いしましょう」

言葉なくうつむく私に、店長は諭すような口調で語り始めた。

「会社を辞めた僕が言うのもなんですが、一度は就職して社会の仕組みを学ぶことは、実は意外と大切なことのように思います。きちんと給料をもらって、将来のためにお金を積み立てる。そういう小さな積み重ねが、いざという時、あなたを守ってくれるんですよ」

店長は、私が渡した履歴書に目を通したからそんなことを言うのか、それとも誰にでも同じことを言うのだろうか……。高校の先生、施設の職員、調理師学校の先生たち。私の周りにいる大人たちは、誰ひとり、私の夢に耳を傾けてくれようとしなかった。

前途多難――。あからさまに口に出すのはトヨエツくらいだが、誰もが私の未来をそんな風に思っているに違いない。

心が塞《ふさ》ぎ、重い気持ちを引きずりながら自宅に戻る。

だがどんな気持ちのときであれ、私はカレーを作るために毎晩キッチンに立った。

それは、自分自身と結んだ約束だから……。

今夜は、煮込み時間がいらないスパイスカレーを作ることにしよう。カレー粉も、ガラムマサラもお手製のものを使い、慣れた手つきで玉ねぎを炒めていく。

さらりと仕上げた、ひき肉とレンコンのカレーを頬張ると、

――悪くない。自分で言うのもなんだが結構イケる。

これまで私は相当数のカレー屋を巡ってきたが、正直、いまいち程度のカレーでも、堂々とお店を構えているところは少なからずあった。

私は毎日店の仕込みを手伝いながら、自宅でも３６５日カレーライスを作り続けている。

今は無理でもこのまま研鑽を重ねれば、将来、数あるカレー屋の一員に加わることは、手が届かぬ夢ではないような気がした。

自分が作ったカレーライスを、大勢の人に食べてもらいたい――。

だが夢見ることに不慣れな私は、そんな思いを心の隅に追いやった。

月曜日、一人で開店準備をするため、私はいつもより一時間早く家を出た。

店長から預かった鍵でドアを開け、誰もいない店内に足を踏み入れる。

音もなく静まりかえる店内は、すやすや眠る幼子のようで、起こしてしまっては申し訳ないような気持ちになり、私はカウンターの椅子に腰かけながら、改めて店内をゆっくり見回した。

いつか、こんなお店が持てるといいな――。

ささやかな希望が種となり、ひっそりと胸の奥に宿る。

いつまでも空想の世界に浸っていたいところだが、今日は一人で開店準備をしなければならない。私はいつも以上に気合を込めて、エプロンの腰紐《こしひも》をキュッと結んだ。

11時。扉のプレートを「ＯＰＥＮ」の側へひっくり返す。

カレーライスを提供する時間になっても店長は姿を現さず、次から次へとお客さんが入ってきた。私は一人で注文を取り、カレーを作っては運び、コーヒーを淹れ、会計を済ませた。無我夢中で仕事をこなしていたら、お昼を過ぎた頃、息を弾ませた店長が扉の向こうから現れた。

それからはいつも通りのフォーメーションで仕事をこなし、ランチの慌ただしさが過ぎた後、二人揃ってカレーを食べた。

「遅くなってしまい、すみません」

「大丈夫です。一人でもなんとかこなせましたから」

「実は、来週も役所に行かなきゃならなくなりまして……」

「店長のご実家って、どちらなんですか？」

「三浦半島の端にあるんですが、電車とバスを乗り継いで二時間近くかかるんです。アクセスが悪いところに住み続けるのは、年老いた本人だけでなく周りも大変ですよ」

それ以降も、店長はたびたび店を空けるようになった。

片道二時間、往復四時間。開店時間に間に合わなかったり、閉店後に店を飛び出すことが何度か続くと、店長は中古の軽自動車を買った。

「電車とバスを乗り継ぐより30分近く節約できるし、なんたって確実に座れますからね。それに音楽が聴けるので、気分転換にはちょうどいいんです」

お店の近くの駐車場に停まっている黄色いミニカーのような車を指さしながら、店長は私に車のことを説明してくれた。車の話をしている店長は、いつになく楽しそうな顔をしていた。

◆　◆　◆

鍵を受け取る、返すのやり取りが何度か続いた後、私は店長から店の合鍵を手渡された。

「何かあったときのために、成美さんにも店の鍵を持っててもらった方がいいかと思いまして……」

手の平に置かれたひんやりとした鍵は、店長からの信頼の証《あかし》のように感じられ、私は力強く鍵を握り締め、責任と喜びをひしと受け止めた。

「店を続けられるのは、成美さんのおかげです。ありがとう」

ありがとう、ありがとう――。

胸の奥で、店長の言葉がこだまする。

アルバイトでも構いません。卒業後もこの店で働かせてください！

今こそ店長にそう言おう。覚悟を決めたその時、来客を告げるドアベルが鳴り響いた。

表のプレートは「ＣＬＯＳＥ」にしたはずだ。こんな時間に誰だろうと思ったら、

「ちーす」

「チャラ山！」

「20時閉店って、早くね？」

「いや、それ、あんたが決めることじゃないから」

「お友達ですか？」

店長が私に問いかける。

「調理師学校の同級生です」

「残り物でよければ、カレー食べていきます？」

「あ、食べます、食べます」

「すみません、ちゃんとお金払わせますから」

チャラ山に代わって私が頭を下げると、店長は「いいよ、いいよ」という感じで手を振った。

「成美さんは、お友達と話しててください」

店長がそう言ってくれたので、私はチャラ山の向かいの席に座った。

「成美のカレー、すっげー旨いんだってな。みんなから絶賛されてたじゃん」

「どうしてチャラ山がそんなこと知ってるわけ？　今でも、学校の誰かと連絡取ってるの？」

「そんなの、ツイッターやインスタを見りゃ分かんだろ」

「――イタリア、行かなかったんだね」

「だって俺、イタリア語ってチャオとグラッチェしか知らねーもん。どうせ行くなら、愛してるくらい言えないとつまんねぇだろ」

「ティ・アーモ」

カレーをよそっていた店長が、いきなり私たちの会話に乱入してきた。

「ちなみにスペイン語は、テ・アーモです」

巧みに発音を使い分け、異国の愛の言葉をささやきながら、店長はチャラ山の前にカレーライスの皿を置いた。

「成美さん、後のことお願いしてもいいですか？」

「はい。ありがとうございます。お疲れ様でした」

店長はエプロンを取ると、意味深な笑みを浮かべながら店から出て行った。

チャラ山はカレーライスの写真を角度を変えて何枚も撮影し、納得のいく写真が撮れたことを確認すると、ようやくスプーンを手に取った。

「んじゃ、いただきます」

一口食べて、顔からだらしない笑みが消えた。

姿勢を正してもう一口食べると、いつになく真剣な眼差《まなざ》しを私に向けた。

「俺は、カレーライスというものをナメてたかもしれない……」

チャラ山は、カレーを吟味しながら会話を続けた。

「俺の中で、カレーというのは最もお手軽な食べ物で、だからこそ大勢の人間が好き勝手にウンチクをかます、言ってしまえば、限りなくハードルが低い食い物だと思ってた」

「うん」

「だが、どんなものでも極め尽くせば完成形となる。つまりこのカレーは小宇宙と言っても過言ではない」

チャラ山はいいかげんだし、料理は下手だし、限りなくヘタレだが、鍛え上げられた舌と、類《たぐい》まれなる表現力を持っていた。

「おまえ、いいところに目をつけたな」

「どういう意味？」

「フレンチ、イタリアン、中華、和食——。そういう料理は、味も値段も店構えもピンキリだし、到達点が極めて曖昧だ。だけど登るべきルートをひとつに絞れば、迷わずまっすぐ進んでいける。それにカレーというのは、ラーメンの次にファン層が厚い。だからやり方さえ間違わなければ、成功する確率はクラスの誰よりも高いと思う」

「前から思ってたんだけど、チャラ山ってシェフより経営の方が向いてるんじゃない？」

「俺もそう思う」

チャラ山はカレーを食べ終わると、見たこともないほど爽やかな笑顔で店を後にした。

後日、チャラ山がアップしたカレーライスの口コミは、大勢のフォロワーの心を揺さぶったらしく、店を訪れてくれるお客さんの数が一気に増加した。

加えて、来てくれた人の多くが高評価をつけてくれたおかげで、カレー屋らしからぬ店名にもかかわらず、店の知名度は短期間のうちに急速に広まっていった。

◆
◆
◆

「店長、リピーターを増やすためにも、カレーの種類を増やしてみてはどうでしょうか？」

「はぁ」

「あいがけといって、お皿の中央にライス、その両脇に違う色のカレーをよそったら、より一層映えると思うんですが」

「生える？」

店長が理解していないことを察した私は、更に説明を付け加えた。

「写真の見栄えが良くなるという意味です。口コミも重要ですが、見るからに食欲をそそる写真は、カレーファンの心を確実に動かしますし、実際にお店に足を運んでいただかないと、カレーのおいしさは伝わりません」

私は自分のアイデアを情熱的に語り、店長からの返事を待ったが、店長は腕を組んだまま口を閉ざしてしまった。

マズい。調子に乗って、余計な口出しをしてしまったか……。

「――あなたに言うべきことではないんですが……」

注意を受けることを覚悟したが、店長の口から出たのはカレーとはまったく関係のない話だった。

「ここのところ、母の認知機能が低下して、週に二回ヘルパーさんに来てもらうだけでは、心許《こころもと》ない状態なんです。施設に預けることも検討してるんですが、良心的な値段の施設は、もっと介護度が重くなってからでないと受け入れてもらえないらしく、しかも順番待ちと言われてしまいまして……」

順番というのは、すなわち誰かが亡くなるのを待つことで、その時期は神のみぞ知るということくらい、私も心得ていた。今まで私は、親がいない苦労ばかりに目を向けてきたが、親がいても苦労するということを初めて知った。

「僕も成美さんの意見に賛成ですが、状況が落ち着くまで、もう少し待ってもらっていいですか?」

「はい」

はい、としか返事のしようがなかったが、私は新たな機会に向け、自宅で研鑽を重ね続けた。

合鍵を渡されたものの、店長が危惧していた「何か」が訪れることはなく、店長一人では店を切り盛りできないほど忙しくなったので、私は卒業後の話を改めて店長に切り出した。

「卒業後も、この店で働かせてもらえないでしょうか」

「成美さんにそう言っていただけるのは、僕にとっても、店にとっても非常にありがたいことです。ですが僕としては、店のことより、あなた自身の将来を大切にしてもらいたい。これは、本気で将来を考えた末に出した結論なんですね?」

「はい!」

私の卒業を機に、店長はいろいろな仕事を教えてくれるようになった。

ベースとなるブイヨンの取り方。それぞれの材料の仕入れ先や発注方法。レジの締め作業や銀行への入金などの実務も含め、店長は私の様子を見ながら、一人前の大人として少しずつ鍛え上げてくれた。

一通り仕事をこなせるようになった私は、店長が予定を組みやすく、遠慮せず店を抜けられるよう、早番、遅番のシフトを組んで仕事をすることを提案した。店長も私の労働時間を気遣い、互いに一人で働く時間を徐々に増やしていくことになった。

初めて遅番を任された日の晩、私は店のキッチンから火の手が上がる夢を見た。あまりにリアルな感覚を伴った夢に、思わず布団から飛び起きる。鼓動が早鐘のように胸を打つ中、首筋にかいた嫌な汗をぬぐっていると、店を出る前、二度も火の元を確認し、その際、指差し確認まで行ったことを思い出した。

大丈夫。絶対、火事なんか起きっこない。

そう自分に言い聞かせ、再び横になったものの、胸がもやもやしてどうにも寝付けない。パジャマの上から上着を羽織り、ズボンをはき替え、私は自転車に飛び乗った。

月明かりに照らされた夜道を駆け抜け、店へと向かう。店の前でブレーキを握ると、悲鳴に似た甲高い音が夜の静寂《しじま》を切り裂いた。

心配していた店は、火の手が上がるどころか夜の街にひっそりと溶け込み、翼を丸めて朝を待つ鳥のように静かに眠っていた。

それ以降、私は「おやすみ」と声をかけて、店を出るようになった。

店にいる限り、私は孤独を感じなかった。

# 7. 俺の昼メシ

「成美さん、例のあい盛りカレーの件ですが……」

「えっと、正しくはあいがけです」

店長は、カレーの種類を増やす話など忘れてしまったに違いない。

そう思っていた矢先、私は意外な言葉をかけられた。

「あれ、あなたが進めてくれませんか？」

「えぇっ！　今より忙しくなったら、店長大変なんじゃないですか？」

にやにやしている店長の顔を見て、何とも気が早い発言をしてしまったことに気づく。恥ずかしさを誤魔化すように、私は下を向いた。

「今のご時世、ふらりとコーヒーを飲みに来るお客さんはほとんどいませんし、本格的にカレーにシフトチェンジしていかないと、経営的にも成り立たないことがよく分かりました。今は行ったり来たりで忙しいですが、かといって落ち着く目途も立ちません。成美さんは今でも毎晩、家でカレーを作っているんですか？」

「はい」

「その中でいいものがあれば、僕に提案してください。あなたが懸念するように、目が回るほど忙しくなったら、アルバイトを雇いましょう」

「はい！」

次の日から、お昼休みはカレーの試食会になった。

私は今まで作ったカレーのレシピをすべてノートに記録していたので、その中でこれは！　という自信作を作っては、タッパーに詰めて店長に試食してもらった。

「うーん」

「あ、あの、やっぱり方向性が違いますか？」

私が自己流で調合したガラムマサラはパウダータイプのものだが、店で使用しているのは、店長のカミさんが作った黒い液体のガラムマサラだ。パウダーと液体では、香りの膨らみ方がまるで違う。香りの点ではまったく勝ち目がないことを、私は悲しいほど自覚していた。

「確かに、これは僕が作るカレーとは系統が違います。だけど唸るほど旨い」

「ホントですか？　実は私、自分の味覚にいまいち自信が持てなくて……」

「味覚に自信がない人は、そもそも料理を作ることに興味を持たないと思いますけど？」

「でもカレーを５００杯食べた店主が作る渾身のカレーとか、その手のことを掲げているお店って結構あるじゃないですか。それに比べたら私なんか……」

「食べた経験が味に直結するなら、一番おいしい料理を作るのは料理評論家ということになります。ですが、実際にはそういうことにはなりません」

「はい」

「料理を食べるのはインプットの作業ですが、作るのはアウトプットの作業です。指を自在に操り、音を奏でるピアニストのように、五感を駆使して味を奏でる。それが料理人としての使命だと思います」

店長の言葉に、私は深々と頷いた。

「カレーを作るのに年齢や性別は関係ないし、時には経験値すら飛び越えることだってある。自由という名の厳しい世界で一途《いちず》にカレーと向き合い、全力で自分のカレーを作り上げていく。僕らの仕事は心を込めて、一皿のカレーを提供することに尽きるんじゃないでしょうか」

カーン、鐘の音ではない。

店長の言葉はジャストミートで私の心を捉え、青空の彼方《かなた》へ運んでくれた。

自分のカレー。

そう呟くだけで、言いようのない喜びが胸いっぱいに満ちてくる。

「カレーのメニューを増やすより、週替わりという形にした方が面白いかもしれませんね。もちろん、成美さん次第ですけど」

「是非、やらせてください！」

お昼休みにカレーを試食し、店長と二人でラインナップを検討していく。

月が替わったら週替わりカレーを提供することが決まり、私は意気揚々と準備を進めていった。

◆　◆　◆

「おはようございます」

店に誰もいなくとも、いつも私は声をかけながら扉を開ける。

柔らかい音を奏でるドアベルが返事となり、電気を点《つ》けると同時に目を覚ました店は、いつだってあたたかく私を迎え入れてくれた。お礼に私は、美しい毛並みを愛撫するような気持ちで掃除機をかけ、固く絞った台ふきんでテーブルの上を丁寧に拭いていった。

その時、店の固定電話が突然鳴り響いた。店にかかってくる電話は、予約は可能ですかとか、定休日と営業時間の確認などがほとんどだ。9時に電話がかかってくるなんて珍しいなと思いながら、受話器を取る。

「お電話ありがとうございます。こちら――」

「成美さんですね？」

嚙みつくような勢いで、名前を確認される。

「はい」

「すみません、急いでいるので用件だけ話しますね。今、病院に向かっている最中なんですが、主人は今日、そちらに行けませんので、お店は閉めてくださって構いません」

主人？　ということは、電話の相手は店長のカミさんか？

「あの、一人でもなんとかなりますので、お店は閉めなくても大丈夫かと……」

「状況が分かり次第連絡を入れますが、くれぐれも無理なさらないでくださいね」

電話口の女性は用件を話し終えると、一方的に電話を切ってしまった。

受話器を戻し、店長が店に来られなくなった理由を考える。

おそらく店長のお母さんに何かが起こり、病院へ搬送されてしまったのだろう。かなりご高齢のようだったし、私が店の合鍵を渡されたのも、こういう日が来ることを想定していたからだと思う。店長の奥さんは、予想に反してインドの人ではなかったが、最後の瞬間に立ち会うために、急遽病院へ向かっているのかもしれない。

「お店は閉めてくださって構いません」

その言葉に従った場合、用意した食材がすべて無駄になってしまうが、奥さんはそのことを分かった上で、店を閉めろと言っているのだろうか？

店長は、私が店を開けても咎《とが》めることはないだろう。

そのように決断を下し、私は一人でランチを乗り切るため、いつも以上に効率よく働いた。それでもピーク時は目が回るほど忙しく、パニくる暇もないくらいフル稼働で体を動かし続けた。だが時間が過ぎれば、店は次第に静けさを取り戻す。

山のように溜《た》まった洗い物を片付け、カレーの仕込みをしながら遅い昼食を取っていたら、ドアベルを乱暴に鳴らしながらトヨエツが店に入って来た。

注文を取るまでもなく、トヨエツのオーダーは毎回カレーとアイスコーヒーのセットと決まっているのだが、一応、お水を置きつつ声をかける。

「ご注文はお決まりですか？」

「しょぼくれ親父《おやじ》はどうした？」

しょぼくれ親父が店長を意味することくらい、私とて察しがついた。

「今日はお休みなので、私一人でやってます」

「カレーはおまえが作ったのか？」

「はい」

「マズかったら、金払わねぇからな！」

悪態をつきながらも、トヨエツは例によってカレーライスをおかわりし、きちんとお金を払ってくれた。

「ごちそうさん」

なにっ！

トヨエツらしからぬ言葉に、私がすかさず反応を示すと、トヨエツは扉の向こうへ逃げるように姿をくらませた。

トヨエツから「ごちそうさん」と言われたことなど、もちろん今まで一度たりともなく、今日に限ってそんな言葉をかけてくるなんて、もしかしたら、トヨエツは案外良い人なのかもしれない。本当に、本当に、確率の低い、もしかしたらの話だが……。

扉を見つめて呆然としていたら、ドアベルの音とともに見知らぬ女性が姿を現した。

パッと見だけでは分からないが、おそらく五十歳前後だろうか。ジーパンにコートをひっかけ、化粧っ気のない顔に髪を無造作に束ねている。ちょっとそこまで買い物に行くようなラフな格好だが、整った顔立ちがすべてをカバーしていた。

「成美さんですね？　いつも主人がお世話になっています」

主人？　ということは、この人は電話をかけてきた店長の奥さん？

「あの、勝手にお店を開けてすみません。食材を無駄にしたくなかったので……」

「今、お話ししても大丈夫ですか？」

「はい……」

店長の奥さんは、私がお店を開けたことに関して口を挟んでこなかった。

「今朝早く、主人は実家から東京に戻る途中、交通事故を起こしてしまいまして……。救急車で病院に運ばれ、そのまま入院することになったんです」

「えぇっ！　入院したのって店長だったんですか？」

「電話でそう伝えましたよね？」

この場で言った、言わないの話をしても仕方がないが、私はご高齢のお母さんに何かがあったのだろうと、勝手に思い込んでしまっていた。

「急で申し訳ありませんが、主人の入院中、お店は閉めることにします。私はこれから家に荷物を取りに帰って、もう一度病院に向かわなければならないので、すみませんが、休業の告知をお願いしてもいいでしょうか？」

「はい……」

「状況が分かり次第、すぐにご連絡します。よければ、あなたの連絡先を教えていただけませんか？」

互いの連絡先を教え合うと、店長の奥さんは店から出て行った。

現実感が湧かぬまま、夜の営業を終え、店を後にする。

心のざわつきが静まらず、寝返りを繰り返すうち、いつしか夜明けを迎えた。その後、うとうとしてしまったらしく、次に時計を見たときは7時半を過ぎていた。

早番のときは7時40分に家を出る。慌てて飛び起き、ざっと洗った顔をタオルで拭いていると、今朝は店に行く必要がないことを思い出した。

昨夜は店を閉めた後のことまで頭が回らなかったが、しばらく休業するとなると、冷蔵庫の中のものだって処分しなければならないし、食材の発注先にも連絡を入れておいた方がいい。電器製品のコードも抜いた方がいいだろうし、考えてみると、やることは山のようにあった。


「おはようございます」

いつものように、挨拶をしながら扉を開ける。

昨日まで私を優しく迎え入れてくれた店は、今朝は打って変わって、主《あるじ》である店長の不在を嘆いているかのように、魂が抜け落ちてしまった無機質な入れ物と化していた。

私は波のように襲ってくる不安を必死でこらえ、黙々と作業をこなしていった。

開店時間前、店の扉に休業のお知らせを書いた紙をテープで貼りつける。

『大変申し訳ございませんが、諸事情によりしばらく休業させていただきます。』

誰にも会いたくないので、鍵を閉めて店を出る。

朝から何も食べていないので、コンビニでサンドウィッチとコーヒーを買った。そのまま公園に向かい、ベンチに座ってすずめと分け合いながらサンドウィッチを食べる。

これからどうすればいいんだろう……。

そう思いながら腰を上げると、不意にトヨエツの顔が頭に浮かんできた。

トヨエツは毎日16時に店に来る。トヨエツが来る前に、休業の連絡をしておいた方がいい。以前もらった、自称、ご利益がある名刺を財布の中から取り出すと、私はトヨエツの事務所に電話をかけた。

2コールで電話が繋がったので、名前を名乗る。

「よぉ、カレー屋のお姉ちゃんか」

以前は、前途多難なお姉ちゃんだったので、少々出世したらしい。

トヨエツには、店長が入院したのでしばらく休業すると正直に告げた。

「俺の昼メシはどうなるんだ！」

おまえの昼メシなんて知るか！

こんな時に勝手なことを言うトヨエツに腹が立ち、早々に電話を切る。

だが私は、憤慨しつつもトヨエツの言葉が頭から離れなかった。

俺の昼メシ――。

確かにトヨエツは、毎日欠かさずカレーを食べに来てくれた。毎日来るのは、さすがにトヨエツくらいだが、週に二回、顔を出してくれるお客さんも少なからずいた。

店に来て、入口の張り紙を見たら、トヨエツ同様、「俺の昼メシはどうなるんだ！」と思う人だっているかもしれない。

俺の昼メシ――。

そう思ってくれる人に、店は支えられているのかもしれない。

一丁前に仕事ができるようになったといい気になっていたが、一人では何もできない事実を嫌というほど思い知る。

なぜ私は、今までカレー粉やガラムマサラの作り方を教えてくださいと、店長に頼まなかったのだろう。きちんと頭を下げてお願いすれば、店長は「あぁ、いいですよ」と言って、奥さんのことを紹介してくれたかもしれない。

私がカレーライスを作れるようになっていれば……。

休業になった責任は、自分にもある。

そう思うと、私は悔しくて仕方がなかった。

◆
◆
◆

休業中、私は一日も欠かすことなく店に通い続けたが、店は入院中の店長と呼応しているかのように、依然として冷たい箱の状態を保ち続けていた。

この店は死んではいない。死なせるわけにはいかない!

蘇生マッサージを施すドクターのように、私はキッチンも床も、拭いて、拭いて、拭きまくった。地べたに這いつくばり、長年にわたってこびりついた汚れを、根気強く拭き取っていく。だがどれだけ磨き上げようと、この店はキッチンに火が灯らない限り、冬眠から目覚めるつもりはないように思えた。

息を吹き返す気配がまったく感じられない店内で、なすすべもなく立ち尽くす。

考え抜いた挙句、私は店長の奥さんの携帯に思い切って電話をかけた。

店長の容体を聞き、可能ならお見舞いに行きたいと申し出る。

「あの人、ベッドで寝ている姿を見られるのは嫌がるんじゃないかと思います」

「そうですか……」

こんな状況の時に、カレーの話をするのは非常識であることくらい、私とてわきまえていた。だが、〝俺の昼メシ〟のため、私は奥さんに話を切り出した。

「店長の状態が落ち着いた後で結構ですので――」

自分勝手な言い方にならぬよう細心の注意を払い、スパイスの調合を教えてくださいと願い出る。

「実は以前から、あなたにスパイスの調合を教えてやってほしいと、主人から何度も言われていたんです。秘密にするつもりなんてないし、相談したいこともあるので、一度、時間を作って会いませんか？」

「ありがとうございます。私はいつでも結構ですので、ご都合がいい時、お声をかけてください」

「入院中は病院が面倒をみてくれるので、かえって早い方がいいかもしれません」

相談した結果、翌々日、店長の家を訪れる約束をした。

スパイスの調合を教えてやってほしい――。

奥さんにそう頼んでくれていた、店長の優しさが嬉しかった。

店長が住むマンションは年代を感じるものの、高台に建っているせいか日当たりが良く、こざっぱりと掃除が行き届いたエントランスを抜け、私はエレベーターのボタンを押した。店長の不在中、自宅にお邪魔するのは気が引けたが、通されたリビングは良く言えば開けっぴろげ。正直な感想を言えば、どことなく雑多な印象を受けた。

本棚には縦横斜めと無造作に本が突っ込まれ、図体《ずうたい》が大きいスピーカーの上には、種類が異なるリモコンがいくつも並び、部屋にある3つの時計は、それぞれ違う時間を指していた。細かいことはあまり気にせず、自由に暮らしている感じがにじみ出ている室内は、店長の気配がそこかしこに残っているようで、私の緊張をゆるゆると解いてくれた。

「コーヒーは豆によって好みが分かれるから、緑茶にしたんだけどいいかしら？」

「ありがとうございます」

奥さんはテーブルの上に茶托を並べると、その上に湯呑《ゆのみ》を置いた。私の家には急須すらないので、久しぶりのお茶の香りにホッとする。

「若いあなたにこんな話をするのは何なんだけど、竹本《たけもと》は私の主人ではないし、私も竹本の妻というわけではないの」

「えっ？」

竹本というのは店長の苗字だが、店長はカミさんと言っていたし、この人も主人と言っていたではないか――。

「私たち、正式に結婚しているわけじゃなくてね」

「あ、はい……」

「いちいち説明するのも面倒だから、夫婦ということにしてるんだけど、あなたにはきちんと話しておいた方がいいかと思って」

「あの、私は何てお呼びすればいいでしょうか？」

「小川奈津《おがわなつ》です。名前で呼んでくださって構いません」

店長同様、奈津さんは相手と同じ目線に立って話をしてくれる人らしく、私は二人が一緒に暮らしている理由が、ほんの少し分かったような気がした。

「まずは竹本の容体を説明しますね」

「はい」

「あなたも知ってると思うけど、ここのところ竹本はしょっちゅう車で実家に帰っていたでしょ。寝不足やストレスもあったと思うんだけど、こっちに帰ってくる最中、分離帯に突っ込んでしまったの。全身を強打して鎖骨と肋骨《ろっこつ》、それに上腕骨を骨折して、顔の骨にもひびが入っていると診断されました」

骨が折れた部位を聞くたび、私の体にもびりっとした痛みが走る。

「私が竹本の家のことを手伝えれば、状況はもう少し変わっていたと思う。だけど私は、正式にご挨拶にも伺ってないし、認知症の人って、慣れない人が家に入ることに抵抗を感じるそうなの。竹本は、私にそういうことをさせるのが嫌だったようで、すべて一人で抱え込んじゃって……。お義母《かあ》さんは一時的に施設に入れさせてもらったんだけど、私は戸籍上、赤の他人だから、お役所でも病院でも一向に話が進まなくてね」

状況を説明する奈津さんは、今回のことで責任を感じてしまっているように見えた。

「竹本の店は、元々私の叔父が開いたお店でね。家賃を払って借りている状態だから、いつまでも休業しているわけにはいかないの。だけどお店を閉めてしまうと、竹本はそれこそ気力を失《な》くしてしまうかもしれない」

「はい……」

「いつまでもあなたを引き留めておけないことは、私も重々承知しています。迷惑をかけてしまって、本当にごめんなさい」

「いえ……。あの、店長はどのくらいで退院できるんでしょうか？」

「骨は時間が経てば再生するし、複雑骨折したところも、ボルトで固定すれば治るそうなんだけど、右手の神経が傷ついてしまったらしくてね。今の段階では、どこまで機能が回復するか、分からないそうなの」

「そうなんですか……」

「突然、こんな話を聞かされて驚いたでしょうけど、あなたはどうしたいと思ってるか、聞かせてもらえる？　返事は、時間をかけて考えた後で構いませんから――」

私はここに来るまで、トヨエツや足を運んでくれるお客さんのためにお店を再開したいと思っていた。だが奈津さんの話を聞いた今、店長の帰る場所を死守したいという気持ちの方が、はるかに強く私の心を動かした。

「スパイスの配合をマスターし、もしお許しいただければ、私に店を再開させてもらえないでしょうか。それがダメならバイトでも何でもして、店長が戻ってくるまで待ちます」

「ありがとう。あなたの気持ちはすごく嬉しい。——でもね、何かあったとき、あなた一人に責任を取らせるわけにはいかないし、そのことを竹本に相談するのは、今すぐでない方がいいと思うの」

「はい……」

「お給料は休業分も含めてお支払いします。悪いけど、結論が出るまでもう少し待っていただいてもいいですか?」

「分かりました」

「この話は一旦終わりにしましょう。それより、あなたはスパイスのことを聞きに来たんでしょ。そろそろ一緒にカレー粉を作らない?」

そう言うと、奈津さんは私に向かって柔らかく微笑んだ。

キッチンに向かう奈津さんの後ろ姿を見ながら、私は奈津さんの体が左右に揺れていることに気づいた。座っているときは分からなかったが、右足を前に出すたび体が傾き、カクン、カクンと進んでいく。

「外出するときは調整用の靴を履いてるんだけど、私、右足が左足より5センチ短いの。たった5センチのことだから気にしないでね」

「あ、はい」

店長が店を一人で切り盛りしているとき、奈津さんが顔を出さなかった理由は、こういうことも関係していたのかもしれない。

キッチンの入口には、天井まで届きそうな棚が備え付けられ、竹林のようなグリーンのカーテンで覆われていた。スパイスの保存は遮光することが重要なので、カーテンを開けずとも、何が仕舞われているのか見当がついた。

　奈津さんがカーテンを左右に開くと、突如、視界を覆い尽くすほどのスパイスが現れた。どこかの研究所に紛れ込んでしまった錯覚すら起こさせる圧巻の光景に、私は口をぽかんと開けたまま、ただただ見入ってしまった。

「私、外食するより、家で自分が作った料理を食べる方が断然好きなの。今までいろんな料理に挑戦してきたけど、その中で最もハマったのがスパイスだったってわけ」

「それにしても、この数は凄《すご》すぎます。知らないスパイスもいっぱいある」

「今は海外に足を運ばなくても、ネットで何でも買えるしね。それにスパイスは種類を増やせばいいってもんじゃないことは、あなたも知ってるでしょ」

「はい。種類を増やした分、個性がぼやけることもありますよね」

「うん。私は季節や自分の感覚を頼りにスパイスを調整してるんだけど、どうやら竹本は気づいてないみたい」

「だからかもしれませんが、最近のカレーはいい意味でエッジが立ってる気がします」

「違いが分かる人と話ができて嬉しい」

　奈津さんは棚からいくつか容器を取り出すと、スパイスの大きさや硬さに合わせ、フライパンで丁寧に焙煎《ばいせん》していった。粗熱が取れたら、電動ミルでパウダー状に挽いていく。ギュイーンと、工事現場のような音を立てていたミルが落ち着くと、奈津さんはトントンと中身をならして蓋を開けた。次の瞬間、カレーの妖精が飛び出してきたかのように、キッチンにカレーの香りがふわりと広がった。

「あぁ、この香り――。店長がこのパウダーを鍋に入れて炒めると、いつだってよだれが出そうになっちゃうんです」

「パウダーにしたカレー粉は、ひと月くらい熟成させた方が、それぞれの味が馴染んでおいしくなるの。成美さん、これが何か分かる？」

ほんの少しズラして被せてあった鍋の蓋を、奈津さんが外す。複雑な香りが漂う鍋の中を覗くと、茶褐色の液体の中に大量のスパイスが入っていた。

「これってカレーの仕上げに使う、液体のガラムマサラですか？」

「そう。これは煎じマサラと言って、ひとつひとつのスパイスを乾煎りした後、漢方薬のように時間をかけて油と水で煮出していくの。2時間以上かけて半分くらいの量まで煮詰めたら、スパイスの色素が溶け出してもっと黒い色になる。凝縮されたエキスを、目の細かいザルで濾したら、出来上がり」

「店に届くまで、ものすごく手間がかかってるんですね」

「竹本のカレーとはちょっと違うけど、よければ私のカレーを食べていかない？」

「ありがとうございます！」

出来立ての煎じマサラを加えた奈津さんの特製カレーは、見た目こそ店長が作るカレーと変わらなかったが、立ち上ってくる豊かな風味と魅惑的な香りは、カヲタの私を一撃でノックアウトした。

「あの、こんなこと言っては何ですが、奈津さんのカレーは店長のカレーより、もうひとつ味が深いような気がします」

「どんなふうに？」

私はカレーを口に含み、味覚を研ぎ澄ませて答えを探った。

「しつこくない甘さの奥に、フルーツのような酸味を感じます」

「あなたが感じたのは、マンゴーチャツネだと思う。店では使ってない調味料だから」

カレー談議に花が咲き、奈津さんにカレーを好きになったきっかけを聞かれた私は、幼い頃、先生の家でご馳走になったカレーライスの話を初めて人前で語った。

「でもどう頑張っても、あの時食べたカレーライスの味は未だに再現できないんです」

「思い出の味って、あんまりムキになって追いかけない方がいいんじゃないかしら。先生の優しさとか、当時のあなたの気持ちが時間の中でゆっくり溶け合って、特別な味になってるような気がするな」

「そうかもしれません」

「いうならば、それはあなたの心の中だけに存在する、幻のカレーライスなんじゃない？」

今となっては、先生の顔はおぼろげにしか思い出せないが、手を抜かずに作ってくれたカレーライスは、幼い私の心を激しく揺さぶった。そして先生自身も想像していなかったと思うが、あの時食べたカレーライスは、私の人生を変えてしまうほど強い力を秘めていた。

帰り際、奈津さんはカレー粉と煎じマサラだけでなく、手書きのレシピまで持たせてくれた。それらを手本に、私は日々特訓に明け暮れた。

幸いカレーの匂いをぷんぷんさせたところで、アパートの裏は墓地だし、隣は空き部屋だし、苦情を言いに来る人は誰もいない。身も心もスパイス漬けの生活を送っていたら、突然チャラ山からラインが入った。

「成美のカレー屋、もしかして閉店した？」

情報収集だけは人一倍早いチャラ山は、どこからか店の情報を入手したらしい。

「店長が入院したから、休業中」

ヒマ人のチャラ山とラインのやり取りを続けるつもりなどなかったが、次に送られてきたチャラ山の言葉は、私の心に爪を立てた。

「最近、間借りカレーがキテるらしい」

間借り？

早速私は、間借りカレーなるものの検索を始めた。

説明によると、夜の時間しか営業していないバーやスナックを、お昼の時間だけ借りて営業する仕組みらしく、未経験者が初期費用を抑えて経営できるため、貸し借りする双方にメリットがあると書いてあった。

休業中、私が店舗を借りて家賃を払うとしたら……。

微力ながら、私も店長の力になれるかもしれない。その上、カレーライスを作る道具は、用意せずともすべて揃っている。

ランチの時間だけでも店を間借りできないか、私は奈津さんに相談を持ちかけた。

「相手があなたなら、竹本は喜んで店舗を貸すと言っています。でも万が一の場合に備えて、一から保証や保険を見直して、トラブルが起きてもフォローできるように手順を踏みながら進めていきましょう。私は自宅で税理士の仕事をしていてね、あの店の経理も担当してるの。専門的なやり取りは私が窓口になるけど、任せてもらっていいかしら？」

「ありがとうございます！」

奈津さんが動いてくれた結果、間借りという形を取るより、私が副店長になって店を再開する方がいいという結論に達した。

責任と緊張を背負いながら、私は一歩ずつ前進していった。

# 8. 私にはカレーしかありません

起きているときはもちろん、私は夢の中でもカレーを作り、部屋や髪や指先にカレーの匂いがこびりつくほど試行錯誤を繰り返し、ようやく納得がいくカレーライスを完成させた。

だがしかし、他人がどのような感想を抱くかは分からない。

奈津さんに試食してもらおうかとも思ったが、店長が入院している忙しいときに余計な仕事を増やしてしまったこともあり、お店に足を運んでもらうのは申し訳ないような気がした。

私は試験を受けるような気持ちで、思い切ってトヨエツの事務所に電話をかけた。

「カレーライスをご用意できるようになりましたので、よろしければ、お店にいらしてください」

いつも通り、16時きっかりに現れたトヨエツは、不機嫌剝き出しの顔でいきなり私に嚙みついてきた。

「どういうつもりだよ」

入口には休業の紙が貼りっぱなしだし、店にいるのは私一人なので、その反応も当然と言えた。

「すみません。見ての通り、お店はまだ再開していませんが、私の作ったカレーを食べていただこうと思い、お呼びしました」

「俺はおまえの親戚か？　友達か？　ったく、気軽に呼び出すんじゃねぇよ」

トヨエツはいつもの席にドカッと腰を下ろすと、言いたい放題、悪態をつきまくった。

「俺はおまえが思っているほど、暇な人間じゃねぇんだよ！」

「マズいカレーを出したら、承知しねぇからな！」

トヨエツの罵声をかいくぐり、私はテーブルにカレーの皿を置いた。

トヨエツは私をぎろりと睨むと、いつも以上に慎重な手つきでカレーライスを口に運んだ。だが慎重だったのは初めの一口だけで、後はいつもの如く、犬のような勢いでカレーライスをがっつき始めた。エイトビートのリズムに乗って、カレーを小気味よく胃袋に収めると、トヨエツは例によっておかわりを要求し、2皿目もぺろりと平らげた。

これだけ夢中で食べてもらえれば、どんな犬でも愛《いと》おしい。

食後のアイスコーヒーを運びながら、私は店に呼び出した本当の理由をトヨエツに説明した。

「あの、ちょっと相談したいことがあるんですが……」

「俺は、金のない奴の相談には乗らない」

相談を拒絶しつつも、トヨエツは席を立とうとしなかった。その思いやりとも取れなくない態度に一縷《いちる》の望みを託し、私はそのまま話を続けた。

「実はお店を再開したいと思っているんですが、店長は仕事に復帰するまでもう少し時間がかかりそうなんです。問題は、私が作ったカレーライスをお客様がどう思うかという点で……。あの、今日のカレーはいかがでしたか？」

トヨエツは舐めたようにきれいな皿に向かって、面倒臭そうに顎を動かした。

完食を、素直に合格の証としよう。

「再開するとなったら、私一人で仕事をこなすしかないんですが、頑張ればなんとかなるんじゃないかと……」

「頑張るなんて、ガキみてぇなセリフでごまかすんじゃねぇ。どうすれば一人で仕事をこなせるか、事前にきっちり考えろ」

「今までは店長と二人で働いていましたが、能率良く動けばランチは何とか乗り切れますし、残業すればカレーの仕込みも間に合うんじゃないかと思います」

「根性論だけじゃもって一年。おまえが倒れてまた閉店だ。次は誰が店をやるんだ、俺か？」

トヨエツの顔はいつも以上に厳しかったが、店を再開するなとは言わなかった。

「おまえは金もなければコネもない。頼れる奴がいなけりゃ、無い知恵絞る以外、道は開かねぇぞ。閉店期間が長引くほど客は減っていくんだ。アホみたいに突っ立ってねぇで、今すぐ対策を練ろ！」

そんなことを言われたところで、いきなりアイデアが降りてくるはずもなく、だが黙っていたら、トヨエツは帰ってしまいそうだった。

「一人で厳しければ、スタッフを雇います」

「ダメだ。それはおまえが店を切り盛りできるようになって、更に忙しくなってから考えろ。中途半端な仕事しかできない奴に人はついてこない」

返す言葉がなかったが、店を再開するという気持ちは揺らがなかった。

「俺の長所は頭がいいこと。だからそれを商売にしてる。おまえの売りは何だ？」

困惑する私を、トヨエツはサディストめいた顔でニヤニヤ眺めた。

私の売りは……、
トヨエツの言葉をしかと嚙みしめる。

「私にはカレーしかありません！」

「そうだ」

短い返答。

だがその一言は、私の背中を力強く押した。

「カレー一本でいきます。軌道に乗るまでドリンクの提供は控えます」

「飲み物を作る手間、運ぶ手間、洗う手間を考えたら、それが一番能率的だ。水のお代わりもセルフにしろ。後はどうする？」

どうする、どうしよう、どうすればいい……。

「助けてやってもいいが、永遠にカレーは無料だからな」

「はい！」

エバる割に子供っぽいトヨエツの条件を、私は二つ返事で承諾した。

トヨエツは勢い良く立ち上がると、手にかけたテーブルを悪役のプロレスラーのような仕草で高々と持ち上げた。そのテーブルを奥のテーブルの上に逆さにのせ、重なり合ったテーブルを壁側にズズッと寄せて、使えるテーブルをいきなり2卓にしてしまった。

「これで4人分の客が減らせる。みっともないから布でも被せておけ」

「はい」

「営業時間は、何時から何時までだ？」

「11時から20時までです。混むのは11時半から午後2時まで。夜の部のラストオーダーは19時半です」

「人が来ない午後の2時から5時までの間、店は閉めちまえ。入れるのは俺だけだ」

私は早朝と閉店後にカレーを作るつもりだったが、このやり方なら昼休みにカレーを作ることが可能になる。

「客が来てから帰るまで、一連の動きを見せてみろ」

私はオーディションを受ける女優の卵のように、水が入ったコップを運び、ご飯をよそい、カレーを盛りつけ、皿を運び、会計を済ませるところまで演技した。

その様子を監督のように眺めていたトヨエツは、組んでいた腕をほどくと、実にきびきびとした口調で指示を出していった。

「コップは入口に近いところに置け。カレーの皿はジャーの横に重ねろ。そもそもジャーの位置が悪いな。それにレジの向きを90度動かせ」

トヨエツのアドバイスに従い、私はひとつずつ変更を実践していったが、業務用のジャーは重くて一人で動かすのは困難だった。そんな様子を見かねたのか、トヨエツがいきなりカウンターの中に入って来た。

隣に並んだトヨエツは思った以上に背が高く、カウンターの中が急に狭くなったように感じた。

トヨエツは私の緊張などあっさり無視し、軽々とジャーを持ち上げるとベストなポジションに移動した。それだけでは飽き足りないのか、好き勝手にガチャガチャと物を動かし、それぞれの配置を指さし確認した後、ようやくカウンターの中から出て行った。

トヨエツにバレぬよう、隠れてひとつ息をつく。

「もう一度、動いてみろ」

トヨエツに言われるまま、私はカレーを出すまでの動きを再現した。

慣れていたので気づかなかったが、配置換えでスムーズな動線が確保されたキッチンは、最小限の動きで仕事をこなせるようになっていた。自ら頭がいいと豪語するだけあり、トヨエツは私の動作を一回見ただけで、無駄な動きをすべて省いてしまった。

「店のスペース、営業時間、作業工程は縮小した。だが客にとってメリットはひとつもない。だからカレーのクオリティだけは絶対に下げるな。いくら無料《ただ》でも、俺だってマズいカレーを出したら食いに来ないからな！」

「本当にありがとうございました。お店を再開するときは一番にご連絡します」

「次は騙《だま》すなよ」

そう言うと、トヨエツは店から出て行った。

口は悪いが、本当は良い人なのかもしれない――。

そう思うのは、いつもトヨエツが帰った後だった。

◆
◆
◆

すべての準備が整い、いよいよ再開当日の朝がやってきた。

「おはようございます」

いつものように声をかけながら店に入る。私は心を込めて掃除をし、自分の手にマッサージを施した後、カレーを食べてくれる人を想って目をつむった。

自分が作ったカレーライスを、お客様に食べてもらいたい――。

そんな日が来ることを夢にまで見ていたはずなのに、いざとなると、笑顔が思い浮かばないどころか、私が作ったカレーを口にした途端、怒りを露《あら》わにする人たちの顔が、次から次へと脳内に押し寄せてきた。

妄想から逃れるように目を開き、頭を振りつつ乱れた呼吸を整える。

マズいと怒鳴られたらどうしよう。

一口しか食べてもらえなかったらどうしよう。

それより、お客さんが一人も来なかったらどうしよう……。

不安に苛《さいな》まれながらも時は過ぎ、開店時間の11時になった。

店の外に出て、震える指先でプレートを「ＯＰＥＮ」の側へひっくり返す。

開店したものの、11時半過ぎまで誰も来ないだろう。ふと気が緩んだその時、来客を告げるドアベルが鳴り響いた。手の平の汗をエプロンで拭いながら、開いた扉に目をやると、店に入って来たのは奈津さんだった。

「今まで顔を出さないでごめんなさい。あなたが作ったカレーライスを食べさせてもらってもいいかしら？」

「は、はい」

「誤解しないでほしいんだけど、味を確認するために来たわけじゃないの。竹本から成美さんが作るカレーがおいしいって散々聞かされてたから、一度食べてみたくって」

「あの、お願いがあるんですが……」

「なぁに？」

「遠慮せず、正直な感想をおっしゃってくれませんか？」

「分かりました」

ガチガチに緊張しつつも、私は全身全霊を込めて作ったカレーライスを奈津さんの前に運んだ。

「いただきます」

そう言って、カレーライスを口にした奈津さんの表情がスッと変わった。

二口、三口、奈津さんは感想を口にすることなくカレーを食べ続けた。

実のところ、おいしいと言って喜んでもらえるか、トヨエツとまではいかずとも、夢中になって食べてくれることを、私は心のどこかで期待していた。

だから奈津さんの感想を待つ間、正直、生きた心地がしなかった。

「——うん」

待たされた挙句、奈津さんが口にした言葉はおいしいではなく、「うん」だった。

不安にかられ、思わず声をかける。

「あの、お客様にこのカレーをお出ししても大丈夫でしょうか？」

「成美さん。あなたのカレーはひとつひとつ手を抜かず、丁寧に作ってあるのがよく分かる。作り手の気持ちというのは、食べた人には必ず伝わるものなの。あなたに料理の基礎を教えた先生は、きっと素晴らしい人だったのね」

「——私は料理を作るところを見るのが好きで、いつも施設の厨房でウロウロしてたんです。そのときに食べ物の大切さを聞かされ続けて育ったので……」

奈津さんは、私の顔にまっすぐ目を向けた。

「お世辞ではなく、竹本のカレーより、私のカレーより、あなたが作ったカレーの方がずっとおいしい」

「そんな、私はお二人から教えていただいたことを真似しただけです」

「あなたのカレーを食べたら、何だか元気が出てきたわ！　竹本に最高のカレーだったたって伝えます」

カランカラン——、入口の扉が開くと、奈津さんは気を利かせて立ち上がった。

「ごちそうさま。困ったことがあったら遠慮なく電話してね」

新しく入って来たお客さんのテーブルに水とメニューを持って行った後、レジ横のトレイに千円札が置いてあることに気づく。記念すべき第一号のお客さんに奈津さんがなってくれたことに、私は心から感謝した。

トヨエツのアドバイスに従い、テーブル席を2卓に減らしたので、ランチの時間もパニくることなく仕事をこなせた。洗い物を済ませ、翌日分のカレーの仕込みをしていると、トヨエツが店にやって来た。

先日のお礼を述べても、むっつりとして取り合おうとせず、いつものように勢いよくカレーライスを平らげると、レジの前で財布を取り出した。

「カレーは、永遠に無料のお約束です」

「ガキに奢《おご》られるほど、落ちぶれちゃいねぇんだよ。――ごちそうさん」

派手にドアベルを鳴らしながら、トヨエツは店から出て行った。

トヨエツは褒めたり、励ますような言葉は死んでも口にしない。けれども私が一人の時は、必ず「ごちそうさん」と言ってくれる。

その一言で、私の心は十分温まった。

◆　◆　◆

軌道に乗るまで夜の営業は控え、私はランチのカレーに全力を注いだ。

しばらくすると、店長がいた頃の常連さんたちもぼちぼち顔を出してくれるようになり、それに加えて、新規のお客さんにも来てもらえるようになった。

「あんたのカレーも、なかなかイケるね」

「ありがとうございます」

常連さんの言葉に、思わず頬を緩ませる。

「すみません、この店のカレーって一種類だけですか？」

新しく入って来たお客さんの質問に、常連さんが目配せしながら小声で呟く。

「ご新規さんだね」

その言葉に苦笑しながら、私は新しいお客さんの元へ飛んで行った。

「大変申し訳ございません。当店のカレーは一種類のみなんです」

「あっそう。じゃあ、それで——」

お客さんが言わんとしていることは、十分過ぎるほど理解できた。

やはり、カレーの種類を増やした方がいい。

週替わりカレーは、店長が事故を起こす前からスタートの目途が立っていたし、カレーのレシピも既にいくつか用意できている。その旨、奈津さん経由で店長に伝えたところ、週替わりカレーの提供はあっさり許可された。

「私たちに遠慮せず、やりたいことがあったらどんどん挑戦してね。成美さんがのびのびと働いてくれる方が、竹本も私も嬉しいから」

奈津さんの言葉の裏に、店長の職場復帰にはまだまだ時間がかかるという意味が含まれていることを、私はそれとなく察した。

週替わりカレーの一発目は、エビカレーにした。エビの殻で取った旨みが凝縮されたスープに生クリームを加え、こっくりとした味に仕上げる。

毎週違うカレーに挑戦するのは、私にとって心が躍る作業だった。オムレツカレー、焼きチーズカレー、彩り豊かな夏野菜カレー、白身魚のフィッシュカレー、ほうれん草のサグカレー。

週替わりカレーの提供が安定すると、私は念願の「あいがけカレー」をスタートさせた。週替わりカレーや、あいがけカレーの写真をSNSにアップすると、新規のお客さんだけでなく、リピーターが増え始め、店は以前のような活気を徐々に取り戻していった。

一人当たりの単価も上がり、口コミの評価も上々と、願ったり叶ったりの結果となったが、私の新作カレーにことごとく文句をつける男が一人いた。

「おい、何だよ！　この気取ったビジュアルは」

あいがけカレーは川の字の真ん中部分にライスを盛り、その両脇を違う種類のカレーで満たす。トヨエツは、そこにいちゃもんをつけてきた。

「俺は白飯が半分、カレーが半分の、きっちり6時を示すハーフラインのカレーが好きなんだ！」

身振り手振りで好みのカレーを表現し、細かく注文をつける割に、トヨエツはいつもと同様、おかわりを要求した。

「どちらか、一種類になさいますか？」

気を遣って声をかけても「けちけちすんな」と悪態をつく。

その後も、私が創意工夫を凝らすたび、トヨエツは決まってダメ出しを連発した。

「なんだ、この豚の乳首みてぇなもんは？」

ご飯の上に散りばめられたレーズンを食い入るように見つめながら、トヨエツはそんな言葉を口にした。

「レーズンです。口の中に甘酸っぱさが広がるので、味の変化を楽しんでもらおうと思いまして――」

「甘酸っぱいだと？」

レーズンを睨んでいた目が、そのまま私に向けられる。

「あ、あの、お嫌いでしたら……」

「俺には甘酸っぱさなんて1ミリも必要ねぇんだよ！　豚の乳首だか、犬の乳首だか知らねぇが、余計なもんをのせんじゃねぇ！」

見栄えを良くするために、サニーレタスを添えると、

「うさぎじゃあるまいし、ちまちま葉っぱなんか食ってられるか！」

何を出しても文句を言うが、何を出しても残さずきれいに平らげる。

髪を切っても気付かない愚鈍な男と違い、トヨエツはどんな些細《ささい》な変化にも過敏な反応を示した。

案外、見た目と違って、神経の細《こま》やかな男なのかもしれない。

# 9. カツカレーを愛する、すべての者たちに告ぐ

営業時間を昼間の二時間半に絞り、テーブル席を半分に減らした分、店は12時を過ぎると殺気立つほど忙しくなった。

「お待たせしました」

お客さんにカレーを運ぶと、「注文、いいですか?」と呼び止められ、「ただいま伺います!」と言った途端、「会計、お願いします」と、声をかけられた。

調理以外の仕事を手伝ってくれる人がいれば、人の流れもスムーズになるし、そろそろ逆さに置いたテーブルを元の位置に戻したい。

店長が復帰するまでと、これまでなんとか一人で仕事をこなしてきたが、お客さんに迷惑をかけないためにも、スタッフを雇った方がいいかもしれない。

だがこればかりは私の一存では決められないので、奈津さんに相談に乗ってもらった。

「実は、竹本の入院が長引きそうなの」

「そうなんですか……」

「打撲や骨折は良くなってきてるんだけど、橈骨《とうこつ》神経という腕の神経が損傷してしまって、手首と指がまっすぐ伸びない状態でね。神経の損傷って、リハビリを受けても治癒するの

は難しいらしくて、復帰の目途が立たないそうなの。成美さん一人では大変でしょうから、アルバイトを雇うのは構わないけど、夜の部の営業を再開してもビールの提供はやめておきましょう」

「はい」

「面接には私も立ち会うから、心配しないでね」

「お忙しいところすみません、よろしくお願いします」

以前、トヨエツに相談に乗ってもらったとき、スタッフを雇うことを却下されたので、一応、事前に話をしておこうと思ったが、あれこれ口を出されると面倒なので、カレーを食べ終わり、放心状態になっている頃を見計らい声をかける。

「あの、そろそろお店のスペースを元に戻そうと思うんですけど……」

「そうだな」

予想通り、満腹の時はさすがのトヨエツも悪態をつかなかった。

「そうなると、スタッフを雇った方がいいかなぁ、なんて……」

「最近はふざけた動画をアップするバカが多いからな。雇用契約書にサインさせて、きっちり予防線を張っとけよ」

「雇用契約書って何ですか？」

私が質問をした直後、トヨエツがカッと目を見開いた。

「どうしておまえは俺をイラつかせるんだ？　恨みでもあんのか？」

「い、いえ」

「おまえだって仕事を始める前に、契約書にサインしただろ」

「私はこの店のカレーがおいしかったので、店長に働かせてくださいって言ったら、いいよって言われて……」

「そんなままごとみたいな契約で、トラブらない方が奇跡なんだよ。店長のことは知らんが、おまえはやめておけ」

「契約書って、誰に作ってもらえばいいんですか？」

「誰が作ったって構わないが、専門的な場合は、弁護士に頼むこともある」

すがるような目付きで見つめる私に気付いたトヨエツが、すかさず拒否反応を示す。

「俺は、セコい仕事を受けるつもりはない」

私はカウンターの中から大急ぎで自分の財布を取って来て、トヨエツの前に差し出した。

「何のつもりだ？」

「私が勝ったら有り金全部払いますから、契約書を作ってください」

「やだね」

「私、あなたしか頼める人がいないんです」

「そんなの知るかよ。で、勝つって何だ？」

「ジャンケンです。万が一負けたら潔く諦めます」

「何で俺がおまえとジャンケンしなきゃならないんだ？　しかも、万が一ってぇのは何だ！」

トヨエツは意外と大人気《おとなげ》ない。その証拠に、現に今も怒りで顔を引きつらせている。

「私、勝ちます。――すみません」

「すみませんじゃねぇ！　その自信はどっから来るんだ！」

本気で怒りだした。今だ！

「ジャン、ケン、ポン！」

トヨエツは力いっぱい拳を突き出し、それを見越した私がパーを出す。

単純過ぎるトヨエツを憐《あわ》れに思ったが、そんな思いやりは必要なかった。

「有り金、全部出しやがれ！」

トヨエツは私の財布からすべてのお札を抜き取ると、財布を逆さに振って小銭まで取り出した。その姿はとてもじゃないが、弁護士には見えなかった。

「紙とペンを持って来い」

私はカウンターから紙とペンを取って来て、すばやくトヨエツに差し出した。

「時給はいくらだ？」

「千円です」

「そういうざっくりした決め方をすんじゃねぇよ。近所や同業者をきっちりリサーチして、スタートはできる限り低めの金額設定にする。その後、じっくり様子を見て、仕事ができる奴だけ上げてきゃいいんだ」

契約書を作るつもりなどなかったくせに、トヨエツは極めて現実的なアドバイスをした。

「で、交通費はどうすんだ？」

「全額支給します」

トヨエツは手に持っていたペンを、あり得ない速さでぐるぐる回し始めた。

「千葉の流山《ながれやま》から来たらどうすんだ？　埼玉の熊谷《くまがや》から来たらどうすんだ？　おまえには経営センスってもんがねぇのか」

そう言うと、手元の紙に日額五百円までと勝手に記入した。

「細かい条件は俺に任せるな？　任せるって言え！」

「お任せします。なにとぞよろしくお願いします」

私が頭を下げると、トヨエツはよろよろと立ち上がり、私から奪った千円札をレジに叩きつけて店から出て行った。


翌日、下っ端程度のチンピラなら恐れをなして道を譲るほど、トヨエツは殺気だったオーラをまとって店に現れた。いつもの席にドカッと腰を下ろすと、鞄から書類を取り出し、机に叩きつけた。

「座れ」

おずおずと腰を下ろした私に、トヨエツは乱暴な口調で契約書を読み上げていった。

棘々しい口調とは裏腹に、契約書の内容は、私がトラブルに巻き込まれることがないよう、細やかな配慮がなされていた。

「強引にお願いして申し訳ありませんでした。本当にありがとうございました」

深々と頭を下げる私に、トヨエツはありえない言葉を投げつけた。

「女だ」

「はい？」

「おまえくらいのサカリのついた年頃の奴は、すぐ孕《はら》んじまうからな。雇うのは女にしておけ」

サカリ？　孕む？

トヨエツの発言は社会人として完全にアウトだったが、契約書を作ってもらった手前、反論は控えることにした。

「俺はカレーを食いに来たんだ！」

いやはや、この人の奥さんになる人は大変だな……。

荒ぶるトヨエツのために、私はカレーライスを作りに行った。

◆
◆
◆

新しいスタッフを雇い、逆さにしたテーブルを元に戻し、夜の部の営業を再開した。

だが人にものを教えた経験などない私は、大学生や主婦の人たちとどのように接すればいいか、戸惑うことも多々あった。そうは言っても、スタッフが入ってくれたおかげで、今まで一人で行っていた雑多な仕事からようやく解放され、カレーに打ち込める環境が徐々に整っていった。

これを機に、私は思い描いていた改革をひとつずつ実行に移していった。

日曜しか休みが取れない方、遠方から来てくださる方、より多くの方たちにカレーライスを食べていただく機会を増やしたい――。そんな思いで、定休日を日曜日から月曜日に変更した。

次に、カレーファン及びカヲタの人たちに、思う存分カレーライスを楽しんでもらおうと、月に一回、第一日曜日に、『カレー祭り』なるものを開催しようと考えた。

その日はレギュラーメニューにない、当日限定のカレーライスを30食分提供する。

試しに、SNSで食べたいカレーのリクエストを募ったところ、カツカレーを希望する声が多数届いた。カツは揚げるのに手間がかかるので、レギュラーメニューに加えるのは難しいが、王者の風格を持つカツカレーは、カレー祭りの第一弾を飾るに最も相応《ふさわ》しいメニューに思えた。

SNS上で、カレー祭りの告知をするための文章を練り上げる。

私は作文も読書感想文も大の苦手だったが、ことカレーに関しては苦もなくすらすら、というより調子に乗って一気に文章を書き上げた。


『カツカレーを愛する、すべての者たちに告ぐ。

究極のカツカレーを堪能せよ！』

カレー祭りのトップバッターを飾るのは、カレーの王者、「カツカレー」に決定しました。

「トンカツ」＋「カレー」＝「カツカレー」

いえいえ、カツカレーというのはそれほど単純なものではありません。

トンカツが勝ち過ぎず、カレーが暴走せず、口の中でカツとカレーが絶妙なハーモニーを奏でる黄金比。それこそが究極のカツカレーであると考え、今回はスプーンで切れるほど柔らかい豚肉を使ったトンカツを、ご飯の上にガツンとのっけさせていただきます。

そこにカレー屋が腕によりをかけた特製スパイシーカレーを、カツにきっちり半分まとわせた、トラディショナルな姿でご提供。

カツはカツとして味わいたい方。ソースをだばだば、もしくは半分、もしくはチロリとかけたい方。それぞれのニーズに合わせたフリースタイル制を導入し、今回に限り、ウスターソースをご用意いたします。

ご自分流のカツカレーを、心ゆくまで堪能していただければ幸いです。


カレー祭り当日、朝7時に店に行くと、若い男性が扉の前に立っていた。

開店時間は11時なので、並ぶにしてはいくらなんでも早過ぎると思い声をかける。

「あの、失礼ですが、うちの店に何かご用でしょうか？」

「ツイッターで見たんですけど、今日ってカツカレーの日ですよね？」

「あ、あの、早い時間から並んでくださって、ありがとうございます！」

笑顔で挨拶を返したものの、私の緊張は一気に沸点に達した。

エプロンを身につけ、手にマッサージを施した後、いつも通り目を閉じる。

4時間も前から並んでくれる人のために、最高のカレーライスを作らねば……。

これまで以上に神経を研ぎ澄まし、私はカレー作りに没頭した。

10時になり、カレー祭りの準備のため店にやって来たスタッフは、不安と興奮が入り混じった表情をしていた。

「表に行列ができてますけど、今日のカレーって30食分だけなんですよね？」

「すみません。何人並んでいるか、数えてきてもらえませんか？」

念のため豚肉は40枚用意してある。ルーも多めに作ってあるので40人分までなら何とかなる。

「もう、20人も並んでます！」

この時、私は生まれて初めて武者震いというものを経験した。

カレー祭りの開始とともに、スタッフは一丸となってカツカレーを提供し、お客さんは一心不乱にカツカレーを味わった。店の前にこれほど行列ができたことも、一気にお客さんが押し寄せたことも、未だかつて経験したことがない。

12時を過ぎた時点で、提供可能な人数に達したので、『本日、売り切れ御礼』と書いた紙を入口に貼り付ける。

「これって、毎月あるんですよね……」

あまりの盛況ぶりにスタッフが恐れをなしていた頃、ＳＮＳでは賛否両論の嵐が巻き起こっていた。賛はカツカレーに対する賞賛で、否はカツカレーにありつけなかった人々の怒りと悲しみ。それに加えて、待ち時間が長過ぎることへの批判も相当数綴《つづ》られていた。中には、自らの熱き思いを、余すところなく書き込んでくれる者もいた。

『俺は理想のカツカレーを追い求め、これまであくなき探求の旅を続けてきた。だが心を揺さぶられるカツカレーに出会うことなく、いつしかカツカレー難民と化していた。

しかし俺は、とうとう理想のカツカレーに巡り合ってしまった。

これだ！　これだ！　俺はこのカツカレーを食べるために、今日まで生きてきた気がする。トンカツとカレーという二大好物のタッグマッチ。史上最強のコンビネーション。

完璧な幸福に満たされながら、俺の頬は歓喜と決別の涙で濡《ぬ》れていた。

この店の通常メニューにカツカレーはない。今日のために用意された限定メニューなので、もう二度とこのカツカレーに出会う機会はないのだよ、諸君。（涙）

だが究極のカツカレーに出会えたから、今日という日はカツカレー記念日。』

カヲタによるカツカレー論からの、サラダ記念日的結末……。

限りなくマニアックな書き込みだが、この人のカツカレー愛は確実に私の心に伝わった。

興奮冷めやらず、早速来月のカレー祭りのメニューに思いを巡らせる。

私にとって、それは恋人と過ごすデートを考えるような心ときめく作業だった。

寝食を忘れてカレーに没頭し、何度も試食を重ねながら納得の味を極めていく。

カレーのことを考えているとき。カレーを作っているとき。自分が作ったカレーを食べている人の姿を見ているとき――。

私の幸せは、いかなるときもカレーライスと直結していた。


『カレー祭り　第2弾！　魅惑のキーマカレー降臨』


あれは何だ？　ＵＦＯか、パンケーキか、いやキーマカレーだ！

平たく円形に盛ったライスの二階部分に、ほぼ同量のキーマのせ。

遠慮なくスパイスをビシバシ効かせた、大人のキーマカレーに仕上げさせていただきます。

加えてキーマカレーのど真ん中に、見目うるわしき卵黄をトッピング。

ぷるぷるの卵黄にスプーンを立てると、卵がとろーり流れ出す。

この感動の瞬間を、どうぞ皆さまお見逃しなく！

「マジ魅惑すぎ！」

「仕事サボって、今から並びに行く」

「ナルナルが、俺たちを殺しにかかってきた」

反響の大きさから混雑が予想されたので、午前9時から整理券を配ることにした。券の裏に30分刻みで入店時間を記入し、その場で並び続けなくてもいいよう改良を施す。

30人目に2人連れのお客さんが来た場合、一人はカレーライスにありつけ、片方の人は地獄を見るのも気の毒なので、とりあえず31人分用意する。加えて、目の前で終了になってしまった方のショックを和らげるため、救済枠として2人分。

合計、33人分のカレーライスを用意することにした。

今回提供するキーマカレーは、私のこだわりがぎっしり詰まった一品で、肉の食感を楽しんでもらおうと、やや粗めに肉を挽き、カルダモンを効かせた香り高いカレーに仕上げた。卵も業者を吟味し、前日に新鮮なものを届けてもらった。

その甲斐あって、今月も多くの方々から絶賛の声が寄せられた。

◆　◆　◆

カレーに関しては順風満帆。だが海原を進みゆく船の横腹に小さな亀裂が入り始めた。

人を指導するのも、注意を与えるのも苦手な私は、本人の自主性に任せるという、極めて都合の良い言い訳を盾に、スタッフに必要最低限の口出ししかしなかった。

大学生のスタッフには、正直、気後れというか、劣等感に近いものを感じることもあったし、主婦の人に対しては、年下の私が指導するなどおこがましい、そんな風に思っていた。

なにより、私の頭中はカレーのことでいっぱいだったし、カレー作りに没頭することで、私は人間関係の煩わしさから逃げていたように思う。

そのような状況の下、さながら戦乱の世の如く、状況を読むことにやたらと長《た》け、機敏に動き回る者が現れた。

大学中退後、フリーターとなった江戸川《えどがわ》さんは、いくつもの飲食店でバイト経験のある、物おじしないタイプの女性だった。主婦や学生のスタッフは、バイトに入れる日や労働時間に限りがあるため、フリーターの江戸川さんはすぐに店の主戦力となった。

物覚えも早いし、指示を与えなくても自ら動く。新人とは思えぬ働きぶりと、言葉巧みにマウントを仕掛ける戦略を駆使しながら、江戸川さんはあっという間にスタッフを牛耳《ぎゅうじ》ることに成功した、らしい……。

「あの人とは、一緒に働きたくありません」

私が江戸川さんの実態を知ったのは、バイトを辞めたいと言ってきたスタッフの苦情を聞いた後だった。

江戸川さんは、自分が辞めたら店が回らなくなることや、注意をしない私の気質を逆手に取り、徐々に私の前でも勝手な振る舞いをするようになっていった。

土曜日のランチの時間、店にやって来た江戸川さんの友人は、周りのテーブルにいるお客を無視して大声で盛り上がり、外で待っている人がいるにもかかわらず、延々と店に居座り続けた。

私としては、江戸川さんから友人たちに声をかけてくれることを望んだが、江戸川さんはそんな私の気持ちを見事に無視し、友人たちが帰った後も、謝罪の言葉がないどころか、悪びれる様子すらなかった。

私の勇気のなさが仇《あだ》となり、江戸川さんの暴君ぶりは日に日にエスカレートしていった。ついには江戸川さんの母親までもが、奥様連中を引き連れて店にやって来た。

蛙《かえる》の親は、やはり蛙……。

親蛙が席を独占し続けた後、私は江戸川さんに初めて注意を与えた。

「待ってるお客さんがいるときに、いつまでも席を占領されては困ります」

「私は店に客を呼んで来てるんですよ。変な言いがかりをつける前に、感謝してほしいくらいです。それに自分だって、営業時間外に男にサービスしてるじゃない！」

江戸川さんは、ここぞとばかりにトヨエツのことを持ち出してきた。

「あの人はお世話になっている弁護士さんで、そういう約束になってるんです」

「どういう約束だか知らないけど、自分のことは棚に上げて、人にとやかく言うのはフェアじゃないでしょ」

考えてみれば学生時代、クラスに大抵一人はこういう人がいた。やたらと自己主張が強いこの手の輩は、下手に事を荒立てると、逆切れすることで自分の意見を押し通そうとする。経験上、そのことを心得ている私は、解決策を思いつくまでしばらく様子を見ることにした。

カレー祭りの日が近づくと、客の盛り上がりに反し、スタッフはシフトに入ることをさりげなく避けるようになった。いつも以上に忙しくなるのは間違いないので、スタッフの気持ちも分からなくはないが、それでも人手は必要だ。

カレー祭りの日に限り、私はボランティアを募集することにした。

イベントを手伝ってくれた人には、限定カレーを無料で提供し、カレー祭りの日以外でも店のカレーを食べられる、「カレー無料券」を2枚進呈すると告知した。

一人でも応募してくれる人がいれば御の字と思っていたところ、思いのほか応募が殺到し、抽選で決めた4名にカレー祭りのボランティアをお願いすることにした。

ようやく気持ちが落ち着いた私は、次なるメニューを発表した。

『自分史上最強！　濃厚バターチキンカレー』

夕日のようなオレンジ色のカレーの海に、純白の生クリームが弧を描く。

週替わりカレーの中でも一番人気。みんな大好きバターチキンカレー。

今回は、乳製品のキング・オブ・キング、旨みの塊、無塩バターを反則レベルで投入し、悩殺すれすれの至福テイストに仕上げます。

濃厚過ぎにもほどがある！　というカレーを存分に楽しんでいただこうと、ライス大盛り無料という太っ腹なサービスも、あわせて提供させていただきます。

皆さまにとって最高の休日となりますよう、口福な一皿をご用意してお待ちしております。


カレー祭りは、今回も大盛況のうちに幕を閉じた。

大きなトラブルも起きず、大勢の方々にカレーライスを楽しんでもらうことができたのは、ひとえに4名のボランティアの人たちのおかげだった。私は感謝の気持ちをカレーに込めて、濃厚バターチキンカレーをなみなみとお皿によそい、ボランティアの人たちに提供した。

「これ、ヤバい！」

「俺、今なら死んでもいい」

イベントの興奮と、労働後の空腹が相まったのか、ボランティアの人たちは悶絶しながらカレーライスを食べてくれた。

自分が作ったカレーを、おいしそうに食べてくれる人の姿を見る。

これぞまさに、作り手冥利に尽きる喜び。

一日の疲れなどいっぺんに吹き飛び、鼻歌交じりに後片付けをしていると、ボランティアの男性の一人から連絡先が書いてあるメモを渡された。

「人手が足りないときは、いつでも連絡してください」

言葉通りに解釈すれば、深い意味はなさそうだし、なによりこの草野《くさの》くんという男性は、ほぼ無償のボランティアにもかかわらず、一日中笑顔を絶やさず感じよく働いてくれた。

けれどもカレー祭りのボランティアは、苦情が出ないよう、できるだけ公平に決めたいし、特定のお客と親しくなり過ぎるのもどうかと思い、私はそのままメモをたたんだ。

# 10. 私が恋に落ちたカレー

「日曜日、うちの倅《せがれ》がカレーを食べに行ったそうなんだけど、売り切れで食べられなかったってぼやいてたよ」

配達に来てくれたお米屋のおじさんに、そんな愚痴をこぼされた。

自分たちが作った野菜を、卸した米を、笑顔で食べてくれる人の姿を見る。食にかかわる仕事をしている人にとって、これほど嬉しいことはないだろう。

この店のカレーライスは、実に多くの人々の支えによって成り立っている。

食材を卸してくださる皆さんに、是非ともカレー祭りに来ていただきたかったが、朝早くから並んでもらうわけにはいかないし、下手に優遇して他のお客さんから文句が出ても困る。だが別枠を設けて招待という形をとれば、皆さんにもカレー祭りに参加してもらえるかもしれない。

そんなことを思案していた折、店長から店に来たいという連絡が入った。

「店頭にはまだ立てませんが、成美さんが作ったカレーライスを食べに行きたいと思っています」

次回のカレー祭りに関係者の皆さんを招待し、その場に店長を呼んではどうだろう。

昔から店長を知る人たちは、元気になった店長の姿を見たら喜ぶだろうし、店長にとっても、自分の回復を祝福してくれる人たちの笑顔は励みになるに違いない。

店長に相談を持ちかけたところ、「皆さんに会って、きちんとお詫《わ》びとご挨拶をさせていただきたい」という返事が返ってきたので、私は関係者の方々と連絡を取り、次回のカレー祭りに正式に招待させてもらった。

関係者の皆さんを喜ばせるには、どのようなカレーを作ればいいか悩んだが、その答えはカレーの内容云々《うんぬん》ではなく、お客さんたちの笑顔こそ一番のご馳走だということは分かっていた。

けれども、店長を喜ばせるためには——。

そう考えると、必然的にメニューは一つに絞られた。店長に喜んでもらうには、店長自身が考案したカレーライスを、お客さんたちがおいしそうに食べる姿を見てもらうのが一番いい。

考えが定まった私は、次回のカレー祭りのメニューを告知した。

『私が恋に落ちたカレー』

自称カヲタな私が、一発で恋に落ちたカレー。

あまりの感動にハートを撃ち抜かれ、店に通いつめた挙句、働かせてもらうきっかけになった、幻のカレーライスを忠実に再現させていただきます。
今回は、当店で使用している精米したてのお米のおいしさを楽しんでいただこうと、米屋とカレー屋がコラボした、「究極のおにぎり」付きのスペシャル企画！ 和風の出汁をきっちり利かせた炊き込みご飯に、カレーの風味をほどよくプラスした、新感覚のおにぎりをご用意いたします。（お土産にもできます）
どうぞ皆さま、お腹を空っぽにしてご来店ください。

私が初めて食べた店長のカレーライスは、どろっとした濃い色のルーの中に、大きめの鶏肉がごろりと転がり、噛み応えがある硬さに白米を炊きあげた、武骨で飾り気のない、まさに直球勝負の一皿だった。

だが、現在店で出しているカレーライスは、「自由に工夫してよい」という奈津さんの言葉に後押しされ、カレー粉もガラムマサラも、私なりにアレンジを加えたものを使用している。そのせいもあり、いわゆる万人受けするカレーライスという枠組みを飛び越え、よりスパイスを際立たせたカレーに変化を遂げつつあった。

それに加えて、店を訪れるお客さんのほとんどがあいがけカレーを注文するので、週替わりのカレーに合わせて、ターメリックライスを炊くことも多い。あいがけカレーの場合、ルーの量が通常の半分になるので、鶏肉も食べやすい大きさにカットしたものを使用していた。

そうは言っても、基本となるブイヨンは変わらないので、レギュラーメニューとの差別化を図ろうと、おにぎりを用意することを思い立った。少々手間はかかるかもしれないが、共同企画は初めてなので楽しめたらいいなと思う。

一週間前、店内にカレー祭りのメニューを貼りつけた。

張り紙を見た江戸川さんは、聞こえよがしに「キモッ！」と叫んだが、トヨエツの反応は違った。

「おい、カレー屋。あれはなんだ」

トヨエツは、張り紙に向かって顎を上げた。

「毎月、第一日曜日に、カレー祭りというものをやってるんですが――」

「それは知ってる。俺はどんなメニューか聞いてるんだ」

「初めて食べたときに感動した店長のカレーです。今度、店長がお店に来てくれることになったので……」

「進化は時に人を傷つける。ノーベル然り、アインシュタイン然り、おまえのカレーも然りだ」

「はい？」

「ノーベルはダイナマイトを作り、アインシュタインは原爆を作っちまった。基本的に進化というものは、誰も止めることはできない」

トヨエツが言わんとする「人」が、店長を意味していることくらい私にも察しがついた。

店を再開して以来、忙し過ぎて思い出にふける余裕などなかったが、店長がいた頃と比べ、店の様子は一変してしまった。

以前は店長の人柄も手伝い、店内は不思議なほどゆったりとした時間が流れていた。自分のペースでカレーを味わい、好きなだけ時間をかけてコーヒーを楽しむ。そんな過ごし方をしているお客さんもちらほらいたし、ランチの時間帯でも満席になることはなく、人が来なくて二人で頭を抱えたことすらあった。

進化は人を傷つける――。

良かれと思って、お店が繁盛するよう今まで努力を重ねてきたが、もしかしたら私は、店長が帰る場所を奪ってしまったのかもしれない……。

毎日欠かさずカレーを食べに来るトヨエツは、カレーライスの味の変化のみならず、それに伴う光と影を、誰よりも的確に見抜いていた。

◆　◆　◆

カレー祭り当日、今日はおにぎり用のご飯も炊かなければならないので、私は夜も明けやらぬ午前4時に店に入った。

「カレー祭りの日は、時給をアップします」

そんな通達に一番に飛びついてきたのは、江戸川さんだった。

江戸川さんは少々難ありな性格だが、仕事は迅速なので、今日みたいに忙しい日は大いに役立つ。だが出勤時刻の9時半を過ぎても、江戸川さんは店に姿を現さなかった。10時まで待ったが、何の連絡もないので、江戸川さんの携帯に電話をかける。

「はい……」

はいって、今何時だと思ってるんですか！

そんな言葉を飲み込む私に、江戸川さんはスマッシュショットをかましてきた。

「熱があって、起きられないんですけど……」

当日のドタキャン。しかもカレー祭りの日に……。

「――分かりました。それでは、ゆっくり休んでください……」

仮病だろうと、そうではなかろうと、自分の口から「休ませてください」と言わず、電話をかけた私に「休んでください」と言わせる江戸川さんの姑息《こそく》なやり方に、私ははらわたが煮えくり返った。だが今日は店長も来るので、みっともないところはなるべく見せたくない。

いや、余計な心配をさせないためにも、絶対に見せるべきではない！

以前、草野くんというボランティアからメモをもらったことを思い出し、蜘蛛《くも》の糸にすがるような思いで電話をかけた。

手短に事情を話し、ボランティアとして参加してもらえるか打診すると、

「いいっすよ。ギリギリ間に合うと思います」

と、救いの手を差し伸べてくれた。

開店直前、店に駆けつけてくれた草野くんは、前回同様、感じのいい笑顔を振りまきな

がら、実に気持ちよく仕事を手伝ってくれた。途中、招待枠として招いた関係者の皆さんを店内に案内し、お客さんの食べっぷりを見てもらう。

そこへ、店長と奈津さんが姿を現した。

店長は私を見つけると、柔らかい笑みを浮かべ、私はそんな店長に敬意をこめて深々とお辞儀をした。お客さんやスタッフがいるので込み入った話はしなかったが、それでもふと重なる視線の中に、さりげない微笑みの中に、言葉を超えた店長の思いがひしひしと伝わってきた。

お客さんが帰った後、懇親会を開き、関係者の皆さんにカレーライスを振る舞う。

誰も気づいていないようだが、右利きだった店長は左手でスプーンを握り、カレーライスを口に運んでいた。右手に目をやると、手首を覆うようにプラスチック製の装具のようなものがはめられている。

もし、今日の食事が蕎麦のように箸を使って食べるものだったら、店長は食事を楽しめなかったに違いない。顔馴染みの人々と、笑顔でカレーライスを頬張る店長の姿を見て、私はカレーの神様に心から感謝した。

実際にお客さんが食べている姿を目にしたお米屋さんと契約農家さんは、互いの感想を興奮しながら語り合っていた。

「いやぁ、最近は糖質制限とか何ちゃらでコメ離れが進んでいるのに、一粒も残さずお米を食べてくれるお客さんの姿を見て、俺は今日、猛烈に感動した」

「ホント、これだけきれいに食べてくれると、毎日の苦労も報われるってもんだね」

カレーを食べ終わったボランティアの人たちは、幸福感に満ちた表情を浮かべながら店を去り、スタッフも規定の時間が過ぎると、そそくさと店を後にした。

そんな中、「俺、居酒屋でバイトしてたんで、こういうの慣れてますから――」と、草野くんは皿洗いまで手伝ってくれた。

カレーを食べ終わった店長が、コーヒーを淹れるためにカウンターの中に入って来る。

私が手伝おうとすると奈津さんに止められ、おぼつかない手付きのときは奈津さんが手を貸した。

「ありがとね」

奈津さんにそっと声をかけられる。私は江戸川さんの一件などすっかり忘れ、最高の一日を提供できた喜びで胸がいっぱいになった。

片付けを手伝ってくれた草野くんにお礼を言い、通常2枚渡すカレーの無料券を、せめてもの気持ちで5枚進呈させてもらう。店の外に出ると、低く垂れこめる黒い雲から、ぽつりぽつりと大粒の雨が落ちてきた。

「これ使ってください。返さないで結構ですから……」

店の奥から取ってきたビニール傘を草野くんに差し出すと、草野くんは人懐っこい笑顔で会釈をした後、私の手から傘を受け取った。少しずつ小さくなっていくビニール傘越しに見える草野くんの後ろ姿を、私は店に入らず眺め続けた。

江戸川さんは、カレー祭り後も病欠を続けた。主婦のスタッフは家庭の事情でバイトを辞めてしまったし、試験の時期と重なったため大学生のスタッフに応援も頼めず、私は仕事を一人で切り抜けた。

一日の仕事を終え、表のプレートを「CLOSE」にしたときには、水草のように体がフラフラし、火の元を確認しているとドアベルが小さく音を立てた。

疲れ果てた顔を扉に向けると、岩場の向こうからこちらを覗き見るかわうそのような仕草で、草野くんが顔を出した。

胸の奥でとくんと鳴った音を掻き消すように、先日のお礼を早口で述べる。

「あの、先日は遅くまで手伝っていただき、本当にありがとうございました」

「こちらこそ、カレーすごく旨かったです」

「せっかく来ていただいたのに申し訳ないんですが、今日の分のカレーは売り切れてしまいまして……」

「今日はカレーを食べに来たわけじゃなく、傘を返しに寄っただけです。ずっと借りっぱなしとか、そういうの俺、気になっちゃうんで――」

「わざわざ、すみません」

律儀な草野くんに好感を抱いたものの、私は気の利いた会話を交わすというスキルが、泣きたくなるほど低かった。

「この店のカレー、最近は並ばないとありつけないって、何かの口コミに書いてありましたよ。ちなみにここのまかないって、やっぱカレーなんですか?」

「えぇ。昼も夜もカレーです」

「じゃあ、バイトの空きが出たら声をかけてください。あ、この店のスタッフは女性オンリーでしたっけ」

店の外にアルバイト募集の紙が貼ってあるものの、最近はネットで探すのが主流なのか、ここのところ応募の電話は一切かかってこなかった。その上、江戸川さんが勝手気ままに休むので、正直、私は困り果てていた。

「それじゃあ」

「あの……」

扉に向かう草野くんに声をかけたが、奈津さんの承諾を得ずにスタッフを採用してもいいかと躊躇《ちゆうちよ》する。だが奈津さんがかかわってくれるのは、スタッフの面接と会計だけで、江戸川さんのことや、店の状況を肌で感じているわけではない。

一番苦労しているのは……。そう思った瞬間、口から言葉が突いて出た。

「もしよければ――、この店で働いてもらえませんか？」

なけなしの勇気を振り絞った一言が、その後の私の運命を変えた。


「男の子がいてくれた方が、雰囲気が変わっていいかもね」

新しいスタッフを雇ったことを報告すると、奈津さんは笑顔で賛成してくれた。

美大の三年生という草野くんは、お客さんに対しても、スタッフに対しても、非常に人当たりが柔らかく、クセが強い江戸川さんに悪戦苦闘していた私は、何もかも包み込んでくれる草野くんの人柄に大いに助けられた。

ようやく平和が訪れたと思っていたある日、再び事件が勃発した。

休日のランチの時間に、またしても江戸川さんの友達集団がやって来た。江戸川フレンズは入口で人が待っているにもかかわらず、例によって仲間内で盛り上がり、席を譲る気配は微塵も見られなかった。

今こそ、私が動かねば――。

意を決して、足を踏み出そうとしたその時、江戸川フレンズのテーブルに草野くんがすーっと歩み寄った。

「お客様、楽しんでいらっしゃるところ大変恐縮なんですが、長いことお待ちになっているお客様も大勢いらっしゃいます。お食事がお済みでしたら、席をお譲りいただけませんか？」

そんなことを言われるとは思っていなかった江戸川フレンズは、救いを求めて江戸川さんに視線を向けた。だがさすがの江戸川さんも首を縦にも横にも振れず、席が空くのを辛抱強く待っている人や、食事中のお客さんまでもが、非難の意思を瞳に込めて、江戸川フレンズを一斉に睨みつけた。

「行こ行こ！」

気まずさに負けた一人が、わざとらしく明るい声を出しながら席を立つ。江戸川フレンズはそそくさと会計を済ませると、逃げるように店から出て行った。

ブラボー！　私は心の中で、ありったけの拍手喝采を草野くんに送った。

だが当然、江戸川さんはご立腹である。

最後のお客が店を出るや否や、江戸川さんは草野くんを怒鳴りつけた。

「新米が勝手なことすんじゃないわよ！　あんたは、私と友達に恥をかかせたんだからね。今すぐ謝りなさいよ！」

これ以上、江戸川さんをのさばらせておくのは、店のためにもよろしくない。

私は二人の間に割って入ったが、草野くんはハリネズミ状態の江戸川さんの棘を優しく撫でるかのような、実に穏やかな口調で語り始めた。

「お友達の隣のテーブルに、今にも怒鳴り出しそうな顔で睨んでた人がいたんですけど、江戸川さんご存じでした？」

「それが何！」

「もし喧嘩《けんか》にでもなったら、それこそお友達にご迷惑がかかるじゃないですか。だけど江戸川さんの口から、せっかく来てくれたお友達に帰った方がいいとは言いづらいですよね。ですから差し出がましいようですが、僕がお帰りを促したんです。しゃしゃり出るつもりはなかったんですが、トラブルにならなくてホント良かったです」

暴君、江戸川もさすがに反論できず、この瞬間、草野くんはこの店の救世主となった。

◆　◆　◆

春を告げるウグイスのように、草野くんがいるだけで凍結寸前だった店の雰囲気はみるみるうちに緩んでいった。

そんな矢先、突然、江戸川さんがバイトを辞めると言ってきた。しかも明日から来られない、理由も言えないと言う。せめて次のバイトが決まるまで残ってほしいと頼んだが、江戸川さんは私の要求を頑として退けた。

宣言通り、翌日から江戸川さんは店に姿を現さなくなった。

私は死に物狂いでランチをこなし、一日働き通した後、キッチンの片付けをしていると、緊張感が途切れたのか、不意にコップを落としてしまった。耳に突き刺さるような音を立て、粉々にガラスが飛び散ると、遅番でバイトに入っていた草野くんが破片の片付けを手伝ってくれた。

「疲れてるみたいですけど、大丈夫ですか？」

私は今までスタッフに愚痴をこぼしたことなどなかったが、草野くんの優しい声にほだされて、無責任な辞め方をした江戸川さんへの思いが、つい口の端からこぼれてしまった。

翌朝、今日も忙しくなるぞと覚悟を決め、一人で開店準備をこなしていると、

「おはようございます！」

柔らかなドアベルの音とともに、扉の向こうから姿を現したのは草野くんだった。

昨日の私の話を聞き、気を遣って手伝いに来てくれたのかもしれないが、草野くんは昼間は学校があるので、17時からバイトに入るシフトを組んでいる。

「学校は大丈夫なんですか？」

「美大なんて課題さえ出せばなんとかなるんです。それに俺が休んだって、気にする奴なんか誰もいないし」

「一人で働くのは慣れてますから、私なら大丈夫です」

「江戸川さんが辞めたの、たぶん俺のせいだから……」

「えっ？」

「いい返事しなかったから、俺の顔見たくなかったんじゃないかな。あの人プライド高そうだし……」

――もしや、もしや、江戸川さんは草野くんに振られた？

この時私は、自分がいないところで恋の駆け引きが行われていたことを初めて知った。

「じゃあ、俺ホールやります」

何食わぬ顔でエプロンを身につけると、草野くんはカウンターの外に出てきびきびとテーブルを拭き始めた。

トラブルメーカーの江戸川さんには大いに苦しめられたが、自爆後に見せた潔い撤退ぶりに、私は感謝と称賛の拍手を送りたい気持ちになった。

# 11. 仕事をしてはいけないんですか

それ以降、草野くんは開店前から仕事を手伝ってくれるようになった。

私たちは互いの動きを理解し合い、黙っていても意思疎通ができるようになり、いつしか店長と働いていたときのような完璧なコンビネーションを形成するに至った。

これまで孤独な戦いを強いられてきた私にとって、草野くんの存在はこの上なくありがたかったが、いつまでも学生の草野くんの好意に寄りかかってはいられないことくらい、重々承知していた。

店の外にアルバイト募集の紙を貼ってはいるものの、ここのところ一向に音沙汰がなく、今時、こんなアナログな方法に頼るのもどうかと思い、ネット上の求人サイトに募集をかけてくれるよう奈津さんに願い出る。

その翌日、突然、店にある人物が現れた。

カウンターの中でカレー作りに追われていた私は、顔の周りにコバエが飛んでいるような、何とも言えない微細な気配を感じた。まとわりつくような気配を不快に思い、顔の周りを手で払っていると、レジの向こうからテレパシーでも送っているかのように、私の顔をじいっと見つめるトロ子の姿が目に入った。

トロ子は私と目が合うと、パッと瞳を輝かせた。もしもトロ子が犬ならば、喜びのあまりぱたぱたと尻尾を振ったに違いない。

私は仕事を中断し、トロ子の元へ向かった。

「久しぶりだね。誰かにこの店のこと聞いたの？」

「施設で、成ちゃんの手紙を見せてもらった」

「せっかく来てもらったのに悪いんだけど、まだまだ手が空かなくて……」

「話したいことがあるから、お仕事終わるまで待っててていい？」

「いいけど、仕事終わるのって、夜の9時くらいになっちゃうよ」

今は昼の1時なので、さすがに8時間も待たせるわけにはいかないだろう。暇なときに改めて会おうと、私はトロ子の携帯電話の番号を聞いたが、トロ子はかつての私のように携帯電話を持っていなかった。

「じゃあ、9時頃また来るねぇ」

そう言いながら、トロ子は社交ダンスのステップを踏み間違えたような足取りで店から出て行った。

トロ子と私は同じ施設で育ち、トロ子は私より3つ下の学年にいた。

施設に入所したての児童は、急激な環境の変化についていくことができず、精神的な不安から混乱をきたしてしまうことも多い中、元々乳児院にいたというトロ子は、何の抵抗もなくするりと施設に溶け込んだ。

トロ子の本名は「智子《ともこ》」だが、誰がつけたのか、すぐに「トロ子」というあだ名がついた。理由は読んで字の如く。普通なら真っ先にいじめられそうなキャラだが、トロ子はいじめの対象にはならなかった。

私は学年が違うので、始終トロ子と一緒にいたわけではないが、トロ子のクラスメイトたちは、トロ子を自分たちとは違う世界の住人として扱っているように見えた。

白色レグホンの集団に放り込まれたミドリガメのように、トロ子はいつもひっそりと孤立していた。


実は以前、私は施設に手紙を出したことがある。

自分の力で店を切り盛りし、ネット上で自分が作ったカレーが賞賛されるようになると、時折、何ともいえず誇らしい気持ちが、胸の奥からちろちろと溢《あふ》れてくることがあった。

胸を張って、堂々と仕事をしていることを、誰かに知ってもらいたい——。

だが自尊心を満たす手段を何ひとつ持たない私は、施設に手紙を書くこと以外、自分の気持ちをなだめる方法を思いつかなかった。だからといって自慢気なことを書くのはさすがに気が引け、季節の挨拶と、簡単な現状報告に加え、店の名前と連絡先を書いてポストに投函した。

興味を持った誰かがネットで調べれば、自ずと噂は広まるだろう。そんなことを期待していたが、返事もないので、手紙を出したことなどすっかり忘れていた。

退所後、トロ子とは連絡を取っていなかったので、おそらくその手紙を見てトロ子は私に会いに来てくれたのだろう。

閉店時間が過ぎても、トロ子は店に姿を現さなかった。

8時間も待たせてしまったのだから仕方がないと思い、店を出る。鍵をかけた後、自転車を取りに行こうとすると、電柱の脇にぽつんと立っているトロ子に気づいた。

「遅くなってごめんね。ご飯食べた？」

「まだ食べてない」

自転車を押しながら、私はトロ子を連れて一番近いラーメン屋に入った。カウンター席に座り、二人並んで熱々のラーメンをすする。待たせたお詫びにラーメン代を奢ると、

「成ちゃんありがとう、ごちそうさまでした。ホントにありがと――」

こちらが恥ずかしくなるくらい、トロ子は何度もお礼の言葉を口にした。

今からトロ子の話を一から聞くとなると、トロ子は終電を逃してしまうことになるかもしれない。アパートに泊まることを勧めると、トロ子は甘えた顔で私の提案を受け入れた。

我がおんぼろアパートを見ても、トロ子は嫌な顔ひとつせず、代わりばんこにお風呂に入ると、トロ子は私のパジャマを身に着けた。私より小柄なトロ子は、ダブついたパジャマの袖をもてあそびながら、退所後の経緯を語り始めた。

しかしながら、トロ子は適当なところで話を端折《はしよ》るということを知らず、要領を得ないトロ子の話を聞き続けるうち、私は永遠に続く詩吟を無理やり聞かされているような錯覚に陥った。

結局のところ、トロ子の話を要約するとこういうことだった。

高校卒業後、トロ子は冷凍食品を扱う食品加工工場に就職した。だが仕事の覚えが悪く、作業が遅いトロ子は、頻繁に作業ラインを乱してしまい、その都度先輩から怒鳴られた。社員寮に入っていたため、仕事後も、休日中も、とにかく四六時中、怒鳴られ続ける生活を強いられるうち、とうとう夢の中まで先輩の怒鳴り声が聞こえるようになってしまった。

ある日トロ子は、叱責を恐れるあまり、ベルトコンベアーの前で突っ立ったきり、鉄パイプのように体が硬直してしまい、例の先輩のみならず、周りにいるすべての人たちに責め立てられた。緊張がマックスに達したトロ子は、動くことも、しゃべることもできなくなり、その結果、遂に作業から外されることが決まった。

その後、上司が話を聞く機会を設けてくれたが、トロ子は鉄パイプの理由をうまく説明することができず、緊張のあまり横隔膜が痙攣《けいれん》を起こし、引き笑いのようなしゃっくりが止まらなくなってしまった。

顔を引きつらせて笑い続けるトロ子に、上司はやんわりと辞職を勧めたらしい。

クビになったトロ子は、元いた施設に相談に行き、施設の職員はトロ子を励ますつもりで、幼なじみの私の手紙を見せたのだろう。

エンドレスでトロ子の話を聞かされ続けた私は、一日の疲れもあり、既に意識が遠退《とおの》きつつあった。一つしかない布団を右と左で分け合って、トロ子と二人で床に就く。

横になったトロ子は、ようやく店に来た本当の理由を語り始めた。

「私、成ちゃんのお店で働かせてもらえないかな？　絶対、絶対、一生懸命頑張るから」

草野くんにこれ以上迷惑をかけないためにも、早急に人手が必要なのは確かだった。

「うん」

そう返事をしたものの、その後、トロ子とどんな話をしたのか覚えていない。

隣にいるトロ子のぬくもりを感じながら、私は眠りの底にまっすぐ落ちていった。


翌朝、先に目を覚ました私は、隣で眠るトロ子の寝顔にそっと目をやった。

口をぽかんと開けて、安心しきって眠るトロ子を見ているうち、トロ子の力になってあげたいという気持ちが、胸の奥にひっそりと芽生えた。

初めは、誰でも大変なんだ——。

ほんの少し経験を積めば、ほんの少し軌道に乗れば、ほんの少しのお金さえあれば……。

だが、ほんの少しのことに手を差し伸べてくれる人がいない者は、社会に出た途端、卵からかえったばかりの小魚のように過酷な生存競争にさらされる。

トロ子を起こさぬよう布団からそっと抜け出すと、私はあり合わせのもので簡単な朝食を作った。遅れて目を覚ましたトロ子は、私が作った質素な朝食を「おいしい、おいしい」と大袈裟《おおげさ》に喜びながら、残さずきれいに平らげた。

会社をクビになり、寮を追い出されたトロ子は、年齢制限があるため元の施設に戻ることもできず、郊外にある自立援助ホームに身を寄せていた。店まで電車で一時間以上かかるので、通勤するとなると大変かもしれないが、お金が貯《た》まれば近くにアパートを借りればいいし、フリーターのトロ子が働いてくれれば、私にとっても、店にとっても大いに助かる。

何よりトロ子は同じ施設出身なので、生まれ育ちを聞かれる煩わしさがない。

私は期待を持ってトロ子を店に迎えたが、トロ子はそんな私の期待を木っ端みじんに吹き飛ばした。

施設の先輩、もしくは幼なじみとしてならトロ子のトロさは許せたが、職場でのトロ子の働きぶりは、とてもじゃないが笑っていられるレベルのものではなかった。

私がキッチンに入るので、必然的にトロ子がホールの仕事を担当する。だがトロ子はカレーを運んでいる最中、どのテーブルに運ぶのか分からなくなってしまい、カウンターとお客さんの間をうろうろした挙句、最終的に手のり文鳥のように私の元へ戻って来た。

混乱の原因は、伝票に記入してあるテーブルナンバーが覚えられないことにあった。

テーブルナンバーはキッチンを背にして、カウンターの右から1・2・3・4と進み、後ろのテーブルは左から5・6・7・8という配置になっている。

要は時計回りなのだが、どのように説明しても混乱をきたしてしまうトロ子に、私は図を描いて説明し、困ったときはこれを見てねと、メモを手渡した。

だがトロ子は私が渡したメモを大切にするあまり、メモを見るたび、几帳面に角をそろえて四つ折りにし、ポケットにしまった後、何かのおまじないのように最後にポケットをポンと叩いた。

開く、たたむ、ポン！　開く、たたむ、ポン！

当然、仕事は滞る。慌てると更に混乱に拍車がかかり、カレーを待つお客と、注文を取りに来ないまま放置されたお客がイライラし始め、それをフォローして回るうち、徐々に私もイライラが募り、一週間トロ子と一緒に働いただけで、私はトロ子を怒鳴り散らした工場の先輩と同じ境地に達した。

こうなったら腰を据えて、じっくり仕事を教える他ない。

5つ言いたいところを1つに絞り、感情的な言い方をせず、トロ子が理解するまでゆっくり丁寧に説明を繰り返す。

根気強くひと月。更に根気強くひと月……。

けれども私の苦労はさして実を結ばず、私が話しかけるとトロ子は顔を強張《こわば》らせるようになった。そしていつも最後に、「迷惑かけてごめんね」と言って、悲しげに目を伏せた。

その言葉は、私の心を重くした。

「絶対、絶対、一生懸命頑張るから——」

初めてアパートに泊まった夜に約束した通り、トロ子が頑張っていることは私だって分かっていた。店まで一時間以上かかるのに、トロ子は一度も遅刻しないどころか、いつも三十分以上前に出勤し、みんなが嫌がるトイレ掃除も厭《いと》わず、時間はかかるがピカピカに磨き上げてくれた。

カレーライスを待つお客さんのテーブルに、この上なく丁寧に皿を置き、

「お待たせいたしました。どうぞ、ごゆっくりお召し上がりください」

そう言って、恭しく一礼する。

教えたことを、実直にこなしてくれる姿勢はありがたい。

だがトロ子の時間の流れと、トロ子以外の人たちの時間の流れがあまりにも違い過ぎて、どうしたって摩擦が生じてしまうのだ。

江戸時代なら、いや平安時代なら、トロ子は何の問題もなく社会に受け入れられたかもしれない。けれども現代人の刻むリズムにどうしても手拍子が打てないトロ子を、いったいどうしてあげればいいのか……。

しかしそれは、私がどれだけ心を砕こうと結論を出せることではなかった。

◆
◆
◆

「一ノ瀬、ミシュラン辞めたってよ」

誰とも付き合いがないくせに、チャラ山は情報収集だけは誰よりも早い。

だがそんな噂話を送ってこられたところで、あれほどストイックに修業していた一ノ瀬くんが、簡単に店を辞めるとは思えなかった。それにもう、奨学金は返し終わったのだろうか。

「理由知ってる?」

私は好奇心から、チャラ山とのやり取りを続けた。

「たぶん、女」

「いや、それはないでしょ」

「時に例外もあるが、男が道を踏み外すのは、昔から女と相場が決まってる」

コーヒーもチョコレートもカレーも控え、将来のために一途に修業に励んでいた一ノ瀬くんが道を踏み外してしまうとは……。案外、真面目過ぎるが故に、ころりと色気に溺れたか。

どちらにせよ、一ノ瀬くんは何もかも投げ捨てるに値する、めくるめく恋に落ちたのだ。願わくは、私もめくるめく恋とやらに……。

角刈りに、キノコのあんかけのような地味色コーデの一ノ瀬くんですら恋のチャンスを掴んだのだから、私にだって大いに可能性はあるだろう。少なくともチャラ山よりは、恋愛偏差値は高いはずだ。

「チャラ山、道を踏み外すような恋に落ちたことある？」

「成美は？」

虚《むな》しいやり取りの中に、互いの恋愛経験の浅さがにじみ出る。

私たちは胸に溜まった孤独を、ため息とともに吐き出した。

「ちょっと話があるんだけど――」

閉店後、草野くんに声をかけられ、私の脳内は都合の良い妄想で一気に膨れ上がった。

だが草野くんの口から出たのは、私のハートを溶かす類の話ではなくトロ子に関することだった。ランチの慌ただしい時間帯だと、トロ子はかえって足手まといになってしまうから、遅番中心のシフトにズラしてはどうかという提案だった。

「成美さんは週に六日、朝から晩まで働いてるんだからさ、片付けは俺たちに任せて、早く帰った方がいいんじゃない？　成美さんが疲れてイライラすると、トロ子がビビるし、もっと自分を大切にした方がいいと思うよ」

疲れてイライラ？

草野くんにだけはそんな風に思われたくなかったので、私はその言葉に少なからずショックを受けた。草野くんの提案を全面的に受け入れ、私はトロ子の勤務時間を13時から21時までという、仕込みの手伝いと遅番中心のシフトに変更した。

もっと自分を大切にした方がいいと思うよ——。

思いやりにあふれた草野くんのセリフが決め手になったことは、胸の奥に隠しておいた。


奈津さんの知り合いで、小学生の息子を持つ池上《いけがみ》さんという主婦の人が、開店準備からランチの時間にかけて働いてくれることになった。

池上さんは倍速で動画を見ているような手早さと的確さを併せ持ち、何から何まで完璧な状態でランチのお客さんを迎え入れてくれた。接客も明るく、レジの打ち間違いも皆無というパーフェクトを絵に描いたような人だったが、考えてみれば、トロ子の後だから余計そんな風に感じたのかもしれない。

ホッとしたのも束《つか》の間《ま》、遅番担当になったトロ子に今度は別の問題が立ちはだかった。

これまで一日の売り上げを集計する締め作業は、閉店後に私が行っていた。私はその仕事を、学生アルバイトの草野くんではなく、昔からの友人であるトロ子に任せるつもりでいた。

売り上げの集計は、レジ操作ひとつで簡単にできる。合計金額や客数などは、自動でレシートに印字されて出てくるので、複雑な作業はまったくと言っていいほど必要ない。

だがトロ子は、何度教えても、閉店後の締め作業が覚えられなかった。

「売り上げ」＋「釣り銭準備金の３万円」＝「レジ内のお金」＋「カード払いの金額」

小学校の算数レベルの計算ができれば、問題なくできる仕事なのだが、人一倍数字に苦手意識を持ち、過剰に失敗を恐れるトロ子は、いつまで経ってもこの壁を乗り越えることができずにいた。

「迷惑かけてごめんね……」

トロ子は、口癖のようにその言葉を使う。

言う方もつらいだろうが、言われる方もつらいということをトロ子は知らない。

トロ子に何かあったときのピンチヒッターとして、草野くんにもレジの締め作業に立ち会ってもらったら、草野くんは締め作業を一発で覚えてしまった。

「成美さんが教えるより、俺が教えた方がいいかもよ」

トロ子は元々依存心が強いところがあるが、私と二人でいるときは、その傾向が顕著に表れる。甘えた顔で私の顔を覗き込み、「これでいいんだよね？」と正解を確認するばかりで、いつまで経っても自力で覚えようとしない。

草野くんが言う通り、私がつきっきりで教えるより、草野くんが教えた方がトロ子は成長するかもしれない。

「さぁ、帰った帰った。いつまでも成美さんが店に残ってたら、トロ子が気を遣うだろ」

閉店後の作業を二人に任せ、私は思い切って店を後にした。

◆　◆　◆

ランチの慌ただしさが過ぎ、トロ子と二人で遅い昼食を取りつつ、そろそろ仕込みにかかろうと思っていたとき、突然、店長がふらりと店にやって来た。

「コーヒーを淹れさせてもらってもいいかな？」

カウンターの中に入ってきた店長は、手の神経が治りきっていないのか、まだ右手に装具をはめていた。私はそれとなく気を配り、必要があれば手を貸そうと思っていたのだが、店長は私の手助けを必要とせず、左手だけを使ってコーヒーを完成させた。

以前のように、店長と私はカウンターの中で、トロ子はカウンターの椅子に座り、三人でコーヒーを味わう時間を持つ。店長が淹れてくれるコーヒーはいつだっておいしいし、コーヒーを飲みながら店長と話をするひとときは、私にとってかけがえのない時間だった。

だが今は店長と働いていたときと比べ、仕込みの量が3倍に増えた。トロ子が下準備を手伝ってくれるのでなんとかなっているが、来週のカレー祭りのメニューも決めかねているので、空き時間に試作を重ねて検討したい。

それに店長は、コーヒーを淹れるために立ち寄ったわけではなく、何かしらの用事があって店に顔を出したのだろう。そう思うと、ますます立ち上がって仕事をするわけにもいかず、どうしたものかと思いあぐねる気持ちが表情に出てしまったらしい。

った。


「成美さん、今度、家でゆっくり話をしましょう」

私の焦りを察したのか、店長が腰を上げた。

「コーヒー、おいしかったですぅ」

おっとりしたトロ子の言葉が融和材となり、店長は微笑みを浮かべながら店から出て行った。

店長が住んでいるマンションを訪れるのは、奈津さんに煎じマサラの調合を教わったとき以来だった。奈津さんも同席し、三人で店のことを話す機会を初めて持つ。

「長い間、決断を引きずってしまい、大変申し訳なく思ってます。今後、僕は経営者として裏方の仕事に徹しようと思いますが、成美さんは店を引き継いでくれる意思はありますか？」

はい、と二つ返事で答えていいものか、私は一瞬、躊躇した。

「お店には、戻って来てくださらないんですか？」

「僕はもう、あなた以上のカレーを作ることはできません」

そんな言葉を口にした店長の顔を見た後、私は奈津さんの顔に視線を移した。どちらの表情にも変な暗さはないので、既に二人の間で話は済んでいるのかもしれない。

「私でよければ、喜んで引き受けさせていただきます」

自分があの店の店長になる！

はしゃぐつもりはなかったが、心に一筋の光が差し込んできたような、そんな晴れやかな気持ちになった。

「それでは、これからは経営者として話をさせてもらいますが、僕としては成美さんを長時間店に縛りつけ、労働に従事させるつもりはまったく以《もっ》てありません。まずは、その点から改善していきましょう」

「でも店長だって、一日中お店にいましたよね」

「僕の場合は自宅に近い感覚だったし、なにより暇だったので、気軽な気持ちで仕事をしてました。だけど今は客数も3倍近くまで増えてるようですし、あなたのタイムカードを見たら、朝7時から夜の9時まで14時間も働いているじゃないですか。僕はあなたにそんな生活をしてもらいたくないんです」

「最近は、もう少し早く帰れるようになりました」

店長に代わって、今度は奈津さんが私を諭し始めた。

「私たちもいきなり年を取ったわけじゃなくてね。当たり前だけど、今の成美さんと同じような時期を経験してきたの。だからこそ、あなたにこんな話をするんだけど、人間って不思議なものでね。若い頃に聴いた音楽とか、映画とか、小説とか、そういうものにずっと心が引きずられる傾向があるの。なんていうか、すごく強く心に焼き付いちゃうっていうのかな。だから私は、成美さんに音楽を聴く時間を持ってもらいたいし、本当に余計なお世話だけど、恋だって経験してもらいたい。それは絶対、あなたの人生を支える力になる。でもね、そういう時期は本当にあっという間に過ぎちゃうの——」

店長も奈津さんも、私のことを思って助言をしてくれている。そのことは理解できたし、

本当にありがたいことだと思う。だが……、
音楽を聴くより、カレーライスを作りたい！

狭いアパートで一人でいるより、店にいる方がずっといい！

誰にも、どこにも拠《よ》りどころがない人間が、必死に手を伸ばしてしがみつく思い。

そんな心の叫びを人前で口にするのは、ひどく惨めなことのように思えた。

「現在の営業時間は、火曜から土曜まではランチと夜。日曜はランチのみ。お休みは月曜だけですね。今後どのように労働時間を縮小すればいいか、成美さんの意見を聞かせてもらえますか？」

仕事をしてはいけないんですか？

お金を稼いではいけないんですか？

私が本音を言えるのは、自分の心の中だけだった。

「私たちも考えたんだけどね、平日にもう一日休みを取ったらどうかしら？」

奈津さんの提案を聞いた途端、トヨエツの顔が頭をよぎる。

「できれば、それはしたくないです」

「じゃあ、日曜日を休みにするのはどうかな？」

「土日しか、店に来られないお客様も多いので……」

店の口コミは土日にぐんと増える。自分が作ったカレーの感想を読むことは、いまや私にとって生き甲斐のひとつになっていた。

「思い切って、平日はランチだけにしましょうか」

その言葉は、私の心に暗い影を落とした。

そんなことになったら、草野くんとは……。

何も言うことができず、私はなすすべもなくうつむいた。

「営業形態を変えず、あなたの労働時間を減らすには、あなたの仕事を他の人に任せるしかありません。ひとりで仕事を抱え込まず、誰かに仕事を引き継いでもらうことはできませんか？」

「でも、カレーの味こそ店の命で……」

「あなたの気持ちはよく分かります。スパイスの調合や仕込みの仕事は、確かに成美さんにしかできません。でもカレーのベースを作った後の仕上げ作業なら、他の人に任せることはできるんじゃないですか。成美さんが僕のカレーを継承してくれたように、他の人のことを信じてみてはどうでしょう」

勝手に、気軽に、そんなことを言わないでほしい……。

調理を任せる一番の適任者は遅番担当のトロ子だが、トロ子は新しい仕事を覚えるのに膨大な時間を必要とする。週替わりのカレーをマスターする前に、週が替わってしまうだろう。

信じるとか信じないとか、そういうレベルの話ではないんです！

トロ子のことを知らない店長と奈津さんに、私は声を大にしてそう言いたかった。

だがこのまま黙っていたら、私は人を信用しない人間だと思われかねない。それは不本意なので、必死に頭を働かせた。

凡人の私がなんとかここまで成長できたのは、手を広げず、カレーライスというジャンルに絞ったからだ。トロ子もまずはレギュラーカレー一本に絞って練習し、夜は週替わりカレーを出さず、徐々にレギュラーメニューを増やしていく形にすれば――。

「夜はレギュラーカレーのみにすれば、調理を任せられるようになるかもしれません」

「そうすれば、早く帰れるようになりますか？」

「仕込みを終えて、夜の営業の開始を見届ければ、たぶん……」

「それでは、まずはそういうことで話を進めていきましょう」

「成美さん。今まであなた一人にお店を任せてしまって、本当に申し訳ないと思っていたの。これからは、今日みたいに時々、三人で話をする機会を持たない？」

「奈津さん、ひとつお願いがあるんですが……」

「なあに？」

「よければ、私に会計のことを教えていただけませんか？　そうすれば、お店全体のことがもっと見えるようになるんじゃないかと思うんです。私がそういうことを知ってはいけませんか？」

「いけないわけないじゃない。今後は月に一回、勉強会を開きましょう。そうすれば、月単位、年単位のお金の流れが分かるようになる。いいわよね？」

奈津さんが、店長に同意を促す。

「もちろん」

素直に相談を持ちかけたときの方が、店長も奈津さんも嬉しそうな顔をした。

店長が事故に遭って以来、私はひとりぼっちで海原を飛び続けるカモメのジョナサンのような気持ちでいた。けれども背後から自分を見守ってくれる店長と奈津さんの存在を実感した今、私は生まれて初めて言いようのない心強さを感じた。

# 12. トロ子の手紙

大鍋で作ったカレーをお皿によそって、ハイどうぞ。

中にはそういうお店もあるだろうが、この店のカレーライスは注文を受けてからその都度小鍋に移し、最後の仕上げを施した後、お客様に提供していた。

一口に仕上げと言っても、マニュアル通りに調理すればいいというものではない。油が分離しないようきっちり乳化を見届け、おいしそうな泡がぷくぷくと躍り出し、ガラムマサラを入れた後、食欲をそそる香りがふわりと立ったら——。

そのような緻密な観察力と、微妙な火加減を見極める感覚こそ実は何より重要で、食べ物に対するささやかな心配りが、最終的にカレーの味を大きく左右した。

トロ子の特訓を開始するに当たり、私の口から最初に出た言葉は、心と体に染み込んだ宮さんの教えだった。

「トロ子の手で触れたものが、人様の口に入ることを忘れちゃダメだよ」

丁寧に手を洗った後、私はトロ子の手を取りマッサージを施した。

「まずは優しい手を作ること。トロ子の手で作った料理が、食べた人の栄養になるんだからね」

トロ子は私のマッサージを受けながら、神妙な顔で頷いた。

「目をつむって」

「はい」

トロ子が目をつむるのを見届けた後、私も瞳を閉じる。

「料理を食べる人の顔を思い浮かべなさい。そしてその人が健康で、元気で、笑顔になる料理を作りなさい」

「成ちゃん……」

トロ子が返事をしないので目を開けると、トロ子は真剣な顔で私を見つめていた。

「うん？」

「私にそんな大変なことができるかな？」

できるかできないかはともかく、トロ子が私の言葉を真摯に受け止めてくれたことが嬉しかった。

ある程度覚悟はしていたが、トロ子の特訓は想像以上の根気と時間を要した。けれども本当に一歩ずつだが、トロ子のカレーは確実に進歩していった。

加えて、トロ子は機敏な動きが要求されるホールの仕事より、キッチンの仕事の方が向いていた。お米の研ぎ方も丁寧だし、盛り付けも一皿一皿気を遣い、時間はかかるが決して手を抜かず、何よりトロ子の顔がイキイキと輝いていた。

「あなたのカレーは丁寧に作ってあるのがよく分かる。作り手の気持ちというのは、食べた人には必ず伝わるものなのよ」

以前、奈津さんに言われた言葉を思い出す。

私が教えた通りに調理しても、トロ子が作ったカレーはやっぱりトロ子の味がした。

店長と奈津さんを店に呼び、トロ子のカレーを試食してもらう。

「うん、これなら大丈夫だ」

「自信を持ってね」

二人の言葉を聞いたトロ子は、はいと返事をする前に泣き出してしまった。

前の職場で散々怒鳴られていたことを知っている私は、ようやくスタート地点に立てたトロ子を、店長としてではなく、幼なじみとして抱き締めた。

トロ子の様子を見ながら、私は調理を任せる時間を徐々に増やしていった。トロ子が不安を感じることがないよう、ラストオーダー10分前にトロ子に仕事を任せて店を出る。次の週は20分前、30分、45分と徐々に時間を伸ばしていく。

私が先に上がると、トロ子と草野くんは二人っきりになるが、二人がどうこうなるなどとは思わなかった。そうは言ってもトヨエツの言葉を借りれば、二人は何ぶんサカリのついたお年頃である。とはいえ、そんな妄想で頭を膨らませるより、週替わりのカレーのメニューを考えたり、カレー祭りにエネルギーを注いだ方がよっぽど健全だ。

よっしゃ！　とばかりに勢いに乗って、私は次回のカレー祭りのメニューをＳＮＳに書き込んだ。

『スパイス爆発・激辛カレー』


猛暑を吹き飛ばす、キレッキレの辛さ。

脳天をスパークさせる、一本攻めの激辛カレー。

ハンカチ必須、昇天必至。どなた様もご機嫌よろしく、お空の彼方へぶっ飛んでいただきます。

今回に限り、高校生以下の方、および口内年齢がお子様レベルの方は、完食できない可能性が極めて高いため、大変申し訳ございませんが、来店をご遠慮いただきますようお願い申し上げます。


個人的には、素材の味を感じられないほど辛みを強調したカレーは好みではない。だが熱帯夜が続く季節には激辛カレーもいいかもしれないと、この企画を立ち上げた。

「激辛カレー」というキーワードに食いついてきたのは、一部のカレーファンだけではなかった。世の中には激辛党なる人々が存在し、双方の熱狂的なファンを巻き込みながら、激辛カレーは久々の大ヒットを放った。

派手にドアベルを鳴らしながら、16時きっかりに店にやって来たトヨエツは、いつもの席にどさっと腰を下ろすと、すぐさま私を呼びつけた。

「おい、カレー屋」

「はい」

「ちょろっと残ってねぇのかよ」

「何がですか？」

「脳天とか昇天とか書いてあったヤツだよ」

トヨエツは基本的に横暴だし、この上なくわがままだが、カレー祭りのメニューを要求してきたことは今まで一度もなかった。ということは、よっぽど食べたいに違いない。

私は辛みスパイスをわんさかサービスし、トヨエツの前に激辛カレーの皿を置いた。

無論、トヨエツは礼など口にせず、勝負を挑んでいるかのように一匙《さじ》一匙カレーを口に運び入れた。額に大粒の汗を浮かべて食べ進め、皿が空になる頃には、水から上がった河童《かっぱ》のように、顔はもちろん全身汗だくになっていた。

「ごちそうさん」

心なしか笑みまで浮かべ、店を出る。

濡れたワイシャツが背中にべったり張り付いていたが、トヨエツは激辛カレーに心底満足したらしい。

月に一度、私は会計について奈津さんからレクチャーを受けるようになった。

総売り上げ、材料費、人件費、光熱費などの経費を月別に集計し、客単価や時間帯別の売り上げを見ながら、全体的なお金の流れを把握していく。季節の動向や、週替わりカレーの売り上げなどを考慮しつつ、私は理想的なお店のスタイルを模索していった。

だが手応えを感じているにもかかわらず、店の売り上げは伸び悩んでいた。特に夜の売り上げが、ここのところ低迷を続けていた。

「人に仕事を任せるときは、90点ではなく70点で合格と思うくらいが丁度いいんです。スタッフの成長を信じ、黙って見守ることも時には必要ですよ」

店長のアドバイスに従い、私は遅番担当のトロ子と草野くんの様子を見守ることにした。

◆　◆　◆

それから三ヶ月。何も言わず二人の様子を見てきたが、売り上げは依然として落ち込み続けたままだった。

トロ子と話をする前に、私はまず草野くんに相談を持ちかけた。

「成美さんの友達だから今まで我慢してたけどさぁ、やっぱ、あの人トロ過ぎるよ。カレーを出すのが遅過ぎて怒り出す人もいるし、そういう人に口コミ書かれると、すっげぇマイナスじゃん。それにどんだけ仕事に慣れようと、あのトロさは永遠に変わらないと思う」

自分の話をしていることに気づいたのか、トロ子は私たちの様子をちらちらうかがっていたが、私と目が合った途端、慌てて顔を背けた。

やはり、原因はトロ子だったか——。

加えて、草野くんが口にしていた「あのトロさは永遠に変わらない」という、予言めいた言葉が的を射ていることを、私は誰よりも深く確信していた。

そして、その予言が現実になる日は、思いのほか早く訪れた。

夜は週替わりカレーをやめ、徐々にレギュラーメニューを増やしていく予定だったが、カレーが2種類になった途端、トロ子はパニックを起こした。1種類だけならなんとかなったが、コンロに違う種類の鍋が2つ並ぶと、トロ子は鍋の前で棒のように立ち尽くしてしまった。

これが、例の鉄パイプか……。

トロ子の限界を察した私は、カレーの種類を増やすことを諦めざるを得なかった。

「あいがけって、夜はやってないんすか？」

お客さんの中には、夜しか店に来られない人もいる。私がお客さんに頭を下げて謝罪すると、その後、トロ子は決まっておずおずと私に近づき、「成ちゃん、ごめんね」と消え入りそうな声で呟いた。

家に戻ると、私は週替わりカレーの試作品を作るためキッチンに立った。
新しいメニューなので、スパイスの量を調節しながら味に深みを出していく。けれども、どうあがいても納得いく味に到達できず、試行錯誤を繰り返していると、
コンコン――。
突然、ドアをノックする音が響いた。

ブザーは、引っ越した日から壊れたままだ。

「どなたですか？」

宅配便の配達なら返事があるはずだが、ドアの向こうから返答はない。

不審に思い、玄関まで忍び足で進み、覗き穴に片目を近づける。すると視界の先には、魚眼レンズのせいで奇妙に顔が変形したトロ子が立っていた。

驚いてドアを開けると、トロ子は照れ臭そうな顔で、私にケーキの箱を差し出した。

「お店で、誕生日おめでとうって言わないでごめんね。サプライズの方が喜ぶかもって思って」

「ありがとう」

今日、私におめでとうと言ってくれたのはトロ子が初めてだった。

「ご飯食べた？」

「少ししかカレーが残らなかったから、草野くんにあげてきた」

トロ子を部屋に招き入れ、試作品の豚の角煮カレーをお皿によそい、二人で試食会を開く。

「いただきます」

そう言うと、トロ子は律儀に胸の前で手を合わせて目をつむった。

私たちは食事の前に手を合わせて食べ物に感謝するよう、長年しつけられてきた。けれども私は、退所と同時にそのお仕着せがましい儀式を捨てた。

トロ子はカレーを一口食べるなり、みるみる顔を輝かせた。

「これ、すっごくおいしい！」

「おいしいだけじゃ分かんないよ。どんな点を改善すればもっと良くなると思う？」

「だって成ちゃんが作ったカレー、ホントに全部おいしいんだもん。それでもおいしいって言っちゃいけないの？」

トロ子はいつだって、誰よりもおいしそうに私のカレーを食べてくれる。本当はその笑顔こそ、なにより嬉しいはずなのに、私は意見ひとつまともに言えないトロ子を、時に鈍臭く感じることもあった。

カレーを食べ終わったので、トロ子が買って来てくれたケーキの箱を開ける。

仕事が終わった後、トロ子は急いでアパートに来てくれたのだろう。箱の中の2つのショートケーキは、揺られたせいか、べちゃっと片側に寄ってしまっていた。それぞれの生クリームがくっつき合い、イチゴも正しい位置からズレたところにのっている。

イビツな形でくっつき合う2つのショートケーキは、今のトロ子と私の関係を象徴しているように見えた。

くっついたケーキを大皿に移し、トロ子と二人でフォークで突っつき合って食べる。

「ねぇ、成ちゃん。看板の漢字が読めないの智子だけじゃないみたい。だってネットではお店のこと、みんな『ねこや』って呼んでるもん」

口の端に生クリームをつけながら、トロ子はそんな話を口にした。トロ子は時々、店に置いてあるパソコンを開いて、カレーに関する口コミに目を通していたので、そんな情報を知ったのだろう。店名は正しくは『麝香猫』だが、私と同様、正確に読める人はほとんどいないらしく、ネット上では『ねこや』で通っていた。

「ジャコウネコって、読める人の方が珍しいと思うよ」

もはやコーヒー専門店ではないのだから、ジャコウネコの排泄エピソードに興味を持つ人もいないだろう。そろそろカレー屋にふさわしい店名に変えたいところだが、店長と奈津さんは愛着も深いと思うと、私は変更の話をなかなか切り出せずにいた。

すでに遅い時間だし、トロ子が身を寄せている援助ホームは遠いので泊まっていくことを勧める。

「泊まることになるかもって思って、お泊りセット持ってきた」

そう言って、屈託なく笑うトロ子の顔は、良くも悪くも子供の頃とほとんど変わっていない気がした。

トロ子に続いてシャワーを済ませ、以前のように、右と左で布団を分け合い、二人並んで横になる。隣から伝わってくるトロ子の体温は、言葉にならぬ安心感を私に与えた。

「ねぇ、成ちゃん。智子のことバカだと思う？」

トロ子は天井に顔を向けたまま、私に話しかけてきた。

「――人よりちょっと時間がかかることもあるけど、誰だって苦手なことはあるから、あんまり考え過ぎない方がいいと思うよ」

トロ子だって、自分がトロ子と呼ばれていることは知っているし、私も長年の習慣で、トロ子と呼んでいる。それでもできる限りトロ子を傷つけぬよう、私なりに言葉を選んだ。

「違うよ成ちゃん。だって智子、自分でも嫌になっちゃうくらい、頭がこんがらがっちゃうんだもん。智子知ってるの。前に施設の先生が話してたの聞いちゃったの」

「何を聞いたの？」

「小さかったから覚えてないんだけど、智子、虐待されてたんだって。殴られたり蹴られたり、壁に投げつけられたりしてたから、頭が悪くなっちゃったのかもしれないんだって。お兄ちゃんは死んじゃったみたいなんだけど、智子、その話を聞くまで、お兄ちゃんがいたなんて知らなかったの……」

同じ施設にいても、同室だったり、よっぽど心を許し合わない限り、施設に来た理由を他人に話すことはない。トロ子と私は学年も違うし、それほど親しいわけでもなかったので、私はトロ子の幼少期の話を初めて聞いた。

トロ子の話は衝撃的な内容だった。だがトロ子の言っていることが事実なら、トロ子は私とは違う種類の施設に入っているはずではないかという気がした。

「今まで、脳の検査を受けたこととかあるの？」

「たぶん、ないと思う」

根拠があるならいざ知らず、トロ子が抱えている問題は、必ずしも虐待が原因だとは言い切れないのではないか――。

けれどもそれは、私が考えたところで答えが出ることではないし、たとえ原因が特定できたとしても、トロ子の置かれている状況が、今と大きく変わるわけではないように思えた。

だが状況は変わらずとも、トロ子は聞き耳を立ててしまった先生たちの話を信じ、自分の出来の悪さを、親の虐待が原因だと思い込んでしまっている。事実がどうであれ、トロ子がひとりで抱え込んできた心の痛みを思うと、私は胸が締め付けられた。

「智子だって、頭が良ければいいなって思うよ。そしたら怒られないで済むし、みんなから嫌われないで済むもん。学校にいたときもつらかったけど、智子にできる仕事なんてないから、卒業してからの方がずっとつらいよ。これからもずーっとつらいことが続いていくのかな……」

ここまで話すと、トロ子は胸の奥から深いため息をついた。

過去に目を向けても、未来に目を向けても光が見えず、暗闇の中を歩き続けるしかないつらさは、私も痛いほど知っている。

「智子、どうやって頑張ればいいか、もう分かんないよ。やだな。ホントにやだ……。智子も、お兄ちゃんと一緒に死んじゃいたかった――」

隣にいるトロ子の肩が小刻みに震え出す。

声を殺して泣いているのが、横にいる私にも伝わってきた。

トロ子の悲しみにつられるように、私の心もざわざわと震え出す。それを機に子供の頃から胸の奥に封印していた底のない悲しみが、マグマのようにあふれ出した。

どちらともなく相手に背を向け、私たちは蝶《ちょう》のような形になった。

背中の温かさに支えられ、思う存分、悲しみを吐き出していく。

私たちは、泣いて、泣いて、泣き続けた。

殺風景なアパートの部屋に、二人の悲しみが満ちていった。

翌朝、布団の中で丸まっているトロ子を起こさぬよう、そっと身支度を済ませると、私はテーブルの上に鍵を置き、一足先に家を出た。昨晩のことを思うと、トロ子と顔を合わせるのが気恥ずかしく、もしかしたらトロ子も私と同じような気持ちで、寝た振りをしているのかもしれない。

昼過ぎに出勤したトロ子の目は、私以上に腫れていた。互いに昨日のことは口にしなかったが、なぜだか気持ちは通じているような気がした。

おそらくトロ子は、どこで働こうと誰かに迷惑をかけてしまうに違いない。だったら、私がその誰かになればいい。働いてくれる人は募集をかければ見つかるが、誕生日に一緒にケーキを食べてくれる人を募集するわけにはいかない。

トロ子と一緒に働こう――。

私の中で迷いは消えた。

夜の部の営業開始を見届けた後、帰ろうとする私に、トロ子が何やかやと話しかけてきた。いつもなら、少しでも早く私を帰らせようと気を遣うくせに、昨日のことがあったせいか、トロ子は私と一緒にいたがった。

「一緒にご飯を食べようよ」

閉店時間まで店に残った私に、トロ子が甘えた声で誘ってくる。トロ子に付き合いファミレスに入り、二人揃ってハンバーグを食べた。自分が誘ったからと、食事代を払うと言い張るトロ子のご馳走になり、私はトロ子を駅まで送った。

「成ちゃん、ありがとう」

別れ際、トロ子は改札の向こう側から、私に向かって大きく手を振った。

家に帰ると、テーブルの上に封筒が置いてあった。

泊めてくれてありがとう。そんなことが書いてあるのだろうと、私は軽い気持ちで封筒から手紙を取り出した。

成ちゃんへ

昨日は、智子と一緒に泣いてくれてありがとう。

頭が悪くなった理由を話したのは、成ちゃんが初めてです。

昨日は泣き過ぎて寝ちゃったから言えなかったんだけど、実は成ちゃんに話さなければならないことがありました。

そのことを手紙に書きます。どうか智子をお許しください。

智子がお店にいると、みんなに迷惑をかけてしまいます。自分でもそれは分かっています。いつも本当に悪いと思っていました。でもどんなに頑張っても智子は頭が悪いから、みんなの足を引っ張ってしまいます。

嫌われても仕方がない。今まではそう思って我慢してきました。

だけど、智子は成ちゃんが大好きだから、成ちゃんにだけは嫌われたくありません。でもこれ以上お仕事を続けると、智子は成ちゃんに嫌われてしまいます。そうなる前に消えてしまいたい。

もっと前に辞めますと言わなきゃいけなかったのに、成ちゃんの顔を見ると喉の奥がふさがって、どうしても言うことができませんでした。だから手紙に書きます。

お店を辞めさせてください。

わがまま言ってごめんなさい。

カレーの作り方を教えてくれたのに、本当にごめんなさい。

成ちゃんのお店で働けて、すごくすごく嬉しかったです。

智子

トロ子が目を腫らして出勤してきたこと。帰ろうとする私を引き留めたこと。ハンバーグをおごってくれた理由。帰り際に言った「成ちゃん、ありがとう」の意味……。

すべてを理解した私は、こみ上げてくる涙を止めることができなくなった。

トロ子も家に帰ったら、きっと私と同じようにひとりで涙を流すに違いない。泣いている場所こそ違うが、私たちの涙は見えないどこかで繋がっているような気がした。

手紙の内容に気を取られて気付かなかったが、封筒の中にはもう一枚手紙が入っていた。

広げてみると、サインペンのようなもので二匹の猫のイラストが描かれていた。尻尾を立てて歩く猫の後ろを、もう一匹の猫も同じように尻尾を立ててついていく。

二匹の猫が、私とトロ子だということはすぐに分かった。

トロ子は自分が胸を張って歩くことができない代わりに、せめてもの思いを込めて、猫の尻尾をピンと立たせたのかもしれない。

トロ子が描いたイラストは、描写に優れているわけではなかったが、サインペンで縁取られた迷いのない線は、不思議なしたたかさを感じさせ、それでいてトロ子特有のとぼけた雰囲気がそこかしこから滲み出ていた。

その味のあるイラストは、ちょっとした才能を感じさせるほど独特な魅力を放っていたが、お金や将来に繋がらない夢を見るほど、私たちが育った環境は甘くなかった。

二匹の猫のイラストをぼんやりと眺めるうち、私にひとつのアイデアが降ってきた。

この猫のイラストを、お店の看板に使おう！

トロ子は私の元から去ってしまったが、トロ子と一緒に過ごした時間は、私にとっても、そしておそらくトロ子にとっても、相手を大切に思う気持ちと、歯車が嚙み合わないもどかしさがぎっしり詰まった、かけがえのないひとときだった。

そんな思いを今すぐ伝えることはできずとも、いつの日か、トロ子が私に会いに再び店を訪れてくれたとき、自分が描いた猫のイラストがお店の看板に使われていたら、きっと出迎えられた気持ちになって、店の扉を開けてくれるに違いない。

私は店名変更の話を店長に切り出し、トロ子が描いた猫のイラストを看板に使わせてほしいと願い出た。店長の承諾を得た後、看板屋さんと何度も打ち合わせを重ね、遂に新しい看板が完成した。

『ねこや』と書かれた文字の上を、尻尾をピンと立てた二匹の猫が歩いていく。

看板の中に住処《すみか》を得た、トロ子の忘れ形見のイラストは、この店の新しいトレードマークになった。

# 13. まかないに悩んだ結果

トロ子が辞めてしまったので、私は閉店時間が過ぎた後も店に残って働くようになった。

そんな私を気遣い、草野くんは掃除と後片付けを一手に引き受け、私に帰宅を促した。

「成美さんは朝イチから通しで働いてるんだし、残りの仕事は俺に任せて、家で体を休めた方がいいんじゃない？」

折角の好意を無下にするのも可愛げがない気がして、私はラストオーダーの調理を済ませ、草野くん用のまかないカレーを作り終えると、一足先に上がらせてもらうことにした。

新しいスタッフを雇った方がいいことは分かっていたが、どれだけ体がしんどくても、大学生の草野くんと一緒にいられる時間は限られていると思うと、二人で過ごす時間がことさら貴重なものに感じられた。


ある晩、ラストオーダーぎりぎりの時間に二人連れの男性客が店に入ってきた。

「カレーセット大盛りで。えーと、飲み物はコーヒーでお願いします」

「俺も」

注文する二人の声が耳に届き、私はカレーの鍋を確認した後、カウンターの中に草野くんを呼び寄せた。

「草野くんのまかない分がなくなっちゃうけど、何か違うものを用意するから、お客さんに大盛りカレーを出してもいい？」

「俺のまかないなんて気にしなくていいよ。たまには牛丼とか食いたいし」

私はお客さんに大盛りカレーを提供した後、草野くんのまかないに何を作ろうか考えた。たまには毛色を変えてチャーハンでも作ろうか。いやいや、せっかく料理の腕を振るえる機会にチャーハンではもったいない。

後片付けを手伝いますから、その後、一緒に食事に行きませんか？

そんな言葉を口にする、ひとかけらの勇気があれば、状況はそれなりに進展していくかもしれない。冷蔵庫を覗く振りをしながら、そんな思案を巡らせていると——、

「成美さんってさぁ」

名前を呼ばれ、思わず振り返る。

「俺が帰れって言わないと、絶対帰ろうとしないよね」

微笑を浮かべる草野くんの表情を見る限り、そのセリフは思いやりの気持ちから出たようだが、私は胸に隠していた思いを見透かされたような気がして、逃げるように店を後にした。

恥ずかしさがペダルを踏みしめる力となり、自転車のスピードがぐんぐん加速していく。痛いほど向かい風を浴び続け、ようやく冷静さを取り戻すと、食事も出さず、草野くん一人に後片付けを押し付けるのは、さすがに申し訳ない気がしてきた。

牛丼を食べたいと言っていたが、この辺りに牛丼屋はないし、コンビニでお弁当を買って届けるのも味気ない。かといって、何か食べてくださいとお金を渡すのは、とんでもなく上から目線になってしまい逆効果だろう。

家に戻るなり、私は急いで大きめのおにぎりを2つ握った。出来上がったおにぎりをハンカチで包んで自転車のカゴに入れ、元来た道を更にスピードを上げて舞い戻る。

店に戻って微妙な顔をされたら、おにぎりを出すのはやめよう。

勇気を奮って店の扉を開けると、草野くんはレジの締め作業をしていた。

「どうしたの、スマホでも忘れた？」

私が顔を出しても、草野くんは嫌な顔をしなかった。

初めから草野くんに締め作業を頼んでいたら、トロ子に余計なプレッシャーをかけずに済んだかもしれないと思うと胸が痛んだ。

「まかないを出す約束なのに、すみません。お腹が空いたら食べてください」

ハンカチで包んだおにぎりをカウンターの上に置き、私は何か言われる前に店を出ようとした。

「これ、何？」

「――ただの、おにぎりです……」

草野くんはカウンターに近づくと、ハンカチの結び目を器用そうな指先で解《ほど》き始めた。

おにぎりの周りのラップをはがし、「いただきます」と言った途端、豪快におにぎりにかぶりついた。

「実は、結構、腹減ってたんだよね」

草野くんがおにぎりを食べる姿を黙って見ているのも気恥ずかしいので、私は火の元を確認したり、ストックを整頓する振りをしながら時間を潰した。

あっという間におにぎりを食べ終わった草野くんと一緒に店を出る。

「お疲れ様でした」

互いに声をかけ合い、バス停に向かう草野くんと家に帰る私は、店の前で左右に別れた。

自転車のサドルに腰を下ろす前、草野くんの後ろ姿にそっと目を向ける。

胸に浮かんできたのは、カレー祭りのボランティアをお願いした日の、傘越しに小さくなっていく草野くんの後ろ姿だった。

あの時も、そして今も、草野くんは後ろを振り返らずに歩いて行く。

小さくなっていく草野くんの後ろ姿を眺めながら、私は自分だけが振り返ってしまうことの意味を噛み締めた。

その時、草野くんのチノパンのポケットから白い何かが落ちた。

季節外れのモンシロチョウが、夜空をひらひら舞っている――。

視力ギリギリのところで捉えた光景は、そんな幻想的な絵画を見ているような錯覚を起こさせた。暗い上に距離があるので、道路に何が落ちたのかは分からない。だがそれは街灯に照らされ、周囲から白く浮き立ちながら自らの存在を静かに誇示していた。

草野くんを呼び止めるのも憚《はばか》られ、自転車を押しながら、道路に残された白い点を拾いに行く。アスファルトの上に落ちていたのは、くしゃくしゃに丸められた紙切れだった。

何気なく拾い上げ、好奇心から丸まった紙を広げてみる。

そこには、見慣れた筆跡で「S・コ」という文字が書かれていた。

それが伝票だと分かった瞬間、体の奥から深いため息が漏れた。


翌朝、私はいつもより一時間早く家を出た。店に着くなり、伝票の裏に点と線を使った暗号めいた方法で、誰にも分からぬよう通し番号を小さく書き込んでいく。

草野くんと顔を合わせても素知らぬ振りを貫き通し、翌日、レジ横に置いてある伝票ホルダーから、支払い済みの伝票を抜き取った。伝票をひっくり返し、一枚一枚通し番号を確認していく。番号が飛ぶたび、目の前にある伝票ホルダーの先端で胸を刺されるような痛みが走った。

予想通り、伝票は十枚足りなかった。

だが目の前にある伝票の数と、レシートに記載された客数は合っている。ということは、草野くんは伝票を十枚打っていないのだろう。

カレーライス800円、ドリンク付きのカレーセットは200円増しの1000円、大盛り100円の税込み価格なので、レジを打たずとも、釣り銭の計算くらい誰でもできる。

どうりで、私を早く帰したかったわけだ。

草野くんの言動を、思いやりと勘違いした自分のバカさ加減を、私は心底呪った。

今回の事件の責任は、独断で草野くんを雇った自分にある。店長と連絡を取り、マンションを訪れた私は、店で起きた不祥事を報告し、迷惑をかけてしまったことを心から謝罪した。

「いつの時代でも、どのような状況においても、手癖の悪い人というのは、ある一定の割合で存在するものです。たとえ僕がいたとしても、おそらく同じことが起こっていたでしょう。これは、不正可能な環境を提供した僕の責任です」

「――私にも隙があったので……」

「はい」

「何にせよ、逆恨みされないよう、成美さんからアクションを起こすのは控えてください」

「明日にでも、通し番号がついた新しい伝票を持って行きます。あなたは知らん振りをして、彼に僕がオーナーだと紹介してください」

「以前、カレー祭りの時に会ったことがあるので、草野くんは店長のことを知っていると思います」

その言葉を聞き、店長が暗い顔で黙り込む。

そうだ――。

あの時から、草野くんは店長の体の状態を知っている。責任者が顔を出さず、私のような若くて頼りない女が店を切り盛りしていると分かった上で近づいたのか。それとも、管理の甘さに気付いた後で犯行に及んだか……。

どちらにせよ、少々頭が回る者なら、プラスアルファのバイト代を手に入れるのは、それほど難しいことではなかったのかもしれない。

「新しい通し伝票を見れば、彼も警戒するはずです。不正ができなくなれば、じき彼は店を辞めるでしょう」

「ご迷惑かけてすみませんでした」

「嫌な思いをさせてしまって申し訳なかったね。相談してくれてありがとう」

翌日、何も知らず出勤した草野くんが、いつものように明るく挨拶してきた。

「おはようございます！」

笑顔が爽やかな分、私の心は沈み込む。草野くんと二人で働く時間は、私にとって苦痛以外の何物でもなくなった。

ラストオーダーの時間が過ぎると、店の前で車が止まる音がした。扉が開き、何やら慌てた様子の店長が顔を出す。

「すみません、荷物を運ぶのを手伝ってください」

外へ出ると、タクシーのトランクに段ボールが3箱積まれていた。

草野くんが段ボールを抱え、私が扉を押さえる係になり、カウンターの入口に段ボールが積み上げられた。

「いやぁ、倒産寸前の知り合いに無理やり押しつけられちゃいましてね。邪魔かもしれませんが、ここに置かせてください」

カッターで切り込みを入れ、箱を開けると、新品の伝票がぎちぎちに詰めこまれていた。

店長が新しい伝票を手に取り、カウンターの上に置く。表紙をめくると、伝票の右下部分に3ケタの通し番号が記載されていた。

「前にお会いしたかもしれませんが、この店のオーナーの竹本さんです」

私は、草野くんに店長を紹介した。

「いつも遅くまでありがとうございます。話は店長の成美さんから伺ってます」

店長が微笑みながら挨拶すると、草野くんは親善大使顔負けの友好的な笑顔を作り、礼儀正しく頭を下げた。

「成美さん。仕事が終わったら、軽く飲みに行きませんか？」

「はい？」

こんな台詞は打ち合わせにない。

「行ってきたらいいじゃないですか。後は俺一人で大丈夫です」

店長が頷くので、私は草野くんに後片付けを任せて、先に上がらせてもらうことにした。

「すみません。お言葉に甘えてお先に失礼します」

挨拶しながら、エプロンの紐をぎくしゃくほどく。

三人の中で一番演技が下手なのは、私だった。


店を出て、店長と二人で夜道を歩く。

「お手数お掛けして、申し訳ありませんでした」

「こちらこそ、急にお誘いしてすみません。彼はあなたといるより一人になりたかったはずです。こういう時は、追い詰め過ぎない方がいいんですよ」

「それにしても、すごい量の伝票持ってきましたね」

「こういうことは、最初のインパクトが重要ですからね。セキュリティ代と思えば安いもんです」

私は歩きながら、店長に頭を下げた。

「年を取ると、できることがだんだん限られてきます。身体を壊せば尚《なお》のことです。行きたい場所も、会いたい人も次第に少なくなってくる。一度、あなたと飲みに行きたいと思ってたんですよ」

店長が連れて行ってくれたのは、駅前の通りから一本裏に入ったところでポツンと営業している寂れた感じのバーだった。店長とお酒を飲むのは、私の二十歳の誕生日を祝ってもらったとき以来だ。

「どうです、少しはお酒が飲めるようになりましたか？」

「いえ、飲みに行く機会もないので、こういう時、何を頼めばいいのか分からないんですが……」

「僕も強いお酒は控えた方がいいので、軽いものを注文しましょう」

オーダーを取りに来た店員に、店長はモヒートを注文した。

「モヒートというのは、ヘミングウェイが好きだったキューバのカクテルなんですが、ラム酒にミントとライムをたっぷり入れて、ソーダで割ったものなので飲みやすいと思います」

「ありがとうございます」

「成美さんにもご迷惑をかけたので報告しますが、実は僕が退院してすぐ、母が亡くなりまして……」

「――お悔やみ申し上げます」

知識としては知っていたが、私は生まれて初めてその言葉を口にした。

「母親が老いること、僕が事故を起こしたこと。釈迦《しやか》が言っていた通り、何ひとつ自分の思い通りにならないことが、この年になってよく分かりました」

自分の生い立ち、トロ子のこと、草野くんの一件――。

思い通りにならなかった事柄を拾い上げ、心の中で一列に並べてみる。すると店長が口にしていた言葉が、実感を伴って私の胸に迫ってきた。

「だからこそ、こうしてあなたと飲めるのかもしれません。とりあえず乾杯しましょう」

ミントの葉っぱで満たされたグラスを合わせ、小気味いい音を鳴らす。

初めて口にしたモヒートは、ミントの香りが口いっぱいに広がり、強めの炭酸と爽やかなライムが手を取り合って、シュワシュワと喉をすべり降りていった。

清涼感に続くラム酒の香りは、憂鬱だった私の心をほんの少し軽くしてくれた。

「ラム酒、ミント、ライム、ソーダ。それ以外に何が入っているか分かりますか?」

私はもう一度モヒートを口に含み、味覚に集中した。

「ほのかな甘みを感じます」

「うん。ラム酒はサトウキビからつくられるので、もともと甘みのあるお酒なんですが、モヒートはラム酒の他に、ほんの少し砂糖を入れるんです。氷が溶けると味が薄まるけど、砂糖が入っていると最後までコクが残るそうです」

店長は仕事の話を一切せず、ミントがたくさん入った鮮やかなグリーンのカクテルで、私の気持ちを解きほぐしてくれた。

# 14. この店は禁煙です

新しい伝票にしてから店の売り上げは順調に伸びてゆき、店長が予想した通り、草野くんがバイトに入る日は徐々に減っていった。新しいスタッフを採用し、店の状況が一段落すると、店長は時々、私を食事に誘ってくれるようになった。

私と話をすることで、店の動向に気を配ってくれようとしているのかもしれないが、その割に店長は、仕事の話は五分としなかった。

「何事も経験です」

そう言って、店長は食事に合わせてお酒を選び、左手に握ったお箸を使いこなす練習をしながら、にこやかに食事を楽しんでいた。深酒を慎み、嗜《たしな》む程度にお酒を味わう。店長のおかげで、私は食事の楽しさを学ばせてもらいながら、同時に味覚の幅を大いに広げさせてもらった。

店長と別れて家に帰る途中、かなり距離はあるものの、店の電気が点いていることに気づいた。遅番のスタッフが電気を消し忘れてしまったのだろうと思い、そのまま店に足を向ける。

ドアノブを回すと鍵はかかっておらず、誰もいないと思ったら、カウンターの椅子に草野くんが座っていた。店内は禁煙であるにもかかわらず、草野くんは平然とタバコをふかしている。ちらりと私に目を向けたものの、悪びれもせずそのままタバコを吸い続けた。

私は草野くんの不正を許したわけではないが、面と向かって注意もしなかった。

店長に何もするなと言われたので従ったが、意気地のなさは、心の底に消えない染みを残した。

「こんな時間まで店にいるなんて、何かあったんですか？」

「別に。タバコを吸ってるだけだよ」

この店が禁煙なのは、草野くんだって知っている。

私が何も言えないと思って、試しているのだろうか。

「タバコを消してください。この店は禁煙です！」

草野くんは、灰皿代わりに使っていたホールトマトの空き缶にタバコを投げ入れた。

私を見ようとせず、かといって帰る気配もない。

草野くんがこの店に来ることはもうないだろう。

そんなことを確信しながら、私は草野くんを置いて店を出た。


ジリリリリ！　ジリリリリ！

けたたましく鳴り響く目覚ましの音で目を覚ます。

だがそれは夢の中にいた私の勘違いで、耳障りな音の正体は携帯電話の着信音だった。

トロ子に何かあったのだろうか――。咄嗟《とっさ》にそんな不安がよぎったが、電話の画面には

「店長」という文字が映し出されていた。

「もしもし――」

「こんな時間にすみません。成美さん、今から僕が言うことを落ち着いて聞いてください」

開きかけた目を時計に向けると、まだ5時にもなっていなかった。

「昨夜、というか日付は今日になっていましたが、僕のところに火災の連絡が入りました。店に駆けつけたときには、既に消火活動はほとんど終わっていて、先ほど消防隊の人たちが引き揚げていったところです。保険の手続きをする前に成美さんの話も聞いておきたいし、何も知らず、一人で店を見るのはあなたもつらいと思います。こんな時間に申し訳ないけど、今から店の前に来てもらえませんか？」

店長の言葉に、一気に眠気が吹き飛んだ。

ごく簡単に身支度を整え、自転車に飛び乗り、夜明け前の薄暗い道をライトを灯した自転車で駆け抜ける。通い慣れた道なので、意識せずとも体が勝手にハンドルを捌《さば》いていく。息を弾ませ、猛スピードでペダルをこいでいると、店長と奈津さんの姿が小さく見えた。

キキィーッ！　神経を逆撫でするような甲高い音で、ブレーキが鳴り響く。

自転車を止めて駆け寄ると、二人の手には眠気覚ましなのか、寒さしのぎなのか、缶コーヒーが握られていた。

「遅くなってすみません」

「こちらこそ、早い時間に呼び出してすみません」

私はここに来るまで、黒焦げになってしまった店を勝手に想像していたが、外壁のレンガはそのままの姿で残っており、店の周囲には目がチカチカするほど鮮やかな立入禁止の黄色いテープが張られていた。

「成美さん、昨晩、最後まで店に残っていたのは誰かご存じですか？」

「――草野くんです」

「彼の連絡先は知ってますよね？」

「携帯電話の番号やメールアドレスは知ってますが、履歴書が入ったファイルはカウンターの中です」

その言葉に、店長と奈津さんが顔を見合わせる。

「――あの、中を見させてもらってもいいですか？」

「今後、さまざまな観点から調査が入るので、現状を維持しなきゃならないんですけど、後で一人で見るより、僕らといるときに見た方がいいかもしれない。でも手を触れてはいけませんよ」

「はい」

店長はハンカチを使ってドアノブに手をかけると、ほんの少し扉を開いてくれた。

扉の隙間から、恐る恐る店内を覗き見る。街灯の明かりが差し込んでいるので、真っ暗というわけではないが、何もかもはっきり見るにはあまりに光が足りなかった。

薄闇に包まれ、焦げ臭さと下水のような臭いが入り混じる水浸しの店内は、異様な雰囲気を醸し出し、否《いや》が応でも見る者にグロテスクな想像を喚起させた。

私は両親の顔を知らず、祖母以外の親族と会ったことすらない。にもかかわらず、ごく近しい人が虐殺された現場を見たような、遺体確認のために無理やり死体を見せつけられたような、そんな気持ちにさせられた。

直視していられず、悲しみを振り切るように目を逸《そ》らす。

体の芯を揺さぶられたようにガタガタ震えが走ると、奈津さんが私の肩を抱きしめてくれた。そのまま奈津さんの体にしがみつき、泣き出したい衝動に駆られたが、奥歯をきつく嚙み締め、そんな思いを必死で堪えた。

いくらか気持ちが落ち着くと、私は奈津さんから離れ、震える指先で草野くんの携帯電話に電話をかけた。だが早朝というせいもあるのか、草野くんは電話に出なかった。

私が首を横に振ると、店長は黙って頷いた。

「これからしばらくの間、火災原因の調査が入るし、保険の手続きもしなければなりません。今の段階では何とも言えませんが、状況が落ち着いたら、今後のことを話し合いましょう」

アパートに戻った私は、7時になるのを待って、再び草野くんの携帯に電話をかけた。

カチャリ。

良かった、繫がった。話をしようと息を吸った途端――、

「おかけになった電話は、お客様のご希望により、お繫ぎすることができません」

独特のイントネーションの人工音声に、着信拒否を告げられる。

一時間前にメールを送ったが、草野くんから返信はなく、また返信が来るとも限らない。

履歴書が使い物にならなくなった今、私が持つ草野くんの情報は美大の名前だけだった。

草野くんが口にしていた美大の電話番号を調べ、事務局に電話をかけたが、個人情報は教えられないと拒否される。こうなったら直談判《じかだんぱん》するしかないと、私は大学まで足を運んだ。

「直接来られても、お答えすることはできません！」

あまりの拒絶の強さに、自分がストーカー扱いされていることにようやく気づく。

草野くんの友人から連絡先を聞き出すか、さもなければ、待ち伏せして本人を取っ捕まえてやろうと思っていたのだが、私は学部名すら教えてもらえなかった。

粘りに粘って、在籍しているかどうかだけでも教えてほしいと懇願すると、担当者はウンザリした態度でキーボードを叩き、モニターに視線を移した後、冷たい声でこう言った。

「その名前の方は、当校には在籍しておりません」

これ以上のかかわりを避けようと思ったのか、担当者は逃げるように奥へ引っ込んだ。

たとえ履歴書が無事だったにせよ、そこに書かれた内容が真実であるとは限らないし、そもそも「草野」という名前すら、本名ではなかったのかもしれない。

そういえば、昨日の売り上げ金や、釣り銭分の３万円はどうなったのだろう。店とともに焼けてしまったか、それとも草野くんが持ち帰ったか……。

どちらにせよ、今となっては確かめようがない。

草野という名前の男は、火事とともに姿を消してしまったのだから――。

家に戻り、店長に報告しようと電話をかける。だが草野くんのことを報告する前に、店長からやるべきことを告げられた。

「正式な通達は僕からしますが、とりあえず、スタッフの皆さんへの連絡をお願いしてもいいですか？」

「あ、はい」

店長は忙しいようなので、夕方、マンションを訪れる約束をして電話を切る。

私はスタッフ全員に電話をかけ、電話に出なかった人にはメールを送信した。店長に指示されなければ、こんな基本的なことも抜け落ちてしまうほど、私の頭は混乱しきっていた。

少し仮眠を取った方がいいかもしれない。そう思って横になったものの、まったく寝付けず、何度か時計に目をやるうちに、あっという間にお昼になった。

こんなことにならなければ、店はちょうど混み始める時間だ。

カレーを食べに来てくれたお客さんは、変わり果てた店の姿を見て驚くだろうな……。

ヤバい！　次の瞬間バネのように体を起こす。

草野くんのことで頭がいっぱいで、ＳＮＳで休業の告知をすることをすっかり忘れていた。大慌てでスマホの画面に指を走らせ、休業のお知らせを配信する。

これでよし。送信ボタンをタッチした直後、指先から徐々に体が凍りついた。

もしかしたら、今送ったものが最後の配信になるかもしれない……。

心がひび割れ、言葉にならない思いが、さらさらと砂時計のように流れ落ちていった。

夕方、店長のマンションに向かって自転車を走らせていると、今一度、冷静な目で、店の状態を見ておいた方がいい気がした。朝日も昇らぬ薄暗闇の中で目にした光景と、日がある時間に落ち着いた気持ちで見る姿は、受ける印象もきっと違うだろう。

そうは言っても、正直怖い。だが店の責任者だった自分には、真実の姿を見届ける義務がある。私は戦友の遺骨を拾いに行くような気持ちで、自分の弱さと闘いながら、店へと向かった。

店を目指し、最後の角を曲がると、黄色い立入禁止のテープの前に立つ男の姿がぼんやり視界に入ってきた。男に気づかれぬよう、ゆっくりブレーキを引いて自転車を止める。

店の周囲に張り巡らされた、黄色いテープの前に立っている男はトヨエツだった。

以前、店長が事故を起こしたとき、私はトヨエツに休業の連絡を入れたが、今日は何の連絡もしていない。いつもと同じ時間にカレーライスを食べに来たトヨエツは、どんな気持ちで店の前に立っているのだろう。

店に足を運んでくれたトヨエツに連絡しなかったことを詫び、事情を説明した方がいい。けれども私はハンドルを後方に向け、そっとペダルを踏みしめた。

早朝、店長に呼び出されたとき、私は草野くんのタバコの件は伏せていた。だが草野くんが行方不明になった今、昨晩の草野くんの様子と、大学に行って明らかにされた事実について、改めて店長と奈津さんに報告した。

タバコを吸っている草野くんを置いて店を出たこと。火の元を確認しなかったこと。草野くんの電話は繋がらない状態になっており、大学にも在籍していなかったこと……。

「不正が分かった時点で、身元を確認しておくべきでしたね。僕にも非がある」

それぞれが深いため息をつき、時を刻む秒針の音だけが室内に響いた。

火災の原因は草野くんのタバコかもしれない。だが店長から店を任されたのは、他の誰でもなく、私自身なのだ。

いったい、どう責任を取ればいいのだろう……。

謝って許されることではないし、責任を取りたくとも、私にできることなど何ひとつ思いつかない。信頼を踏みにじってしまった重圧がただただ大きく、私は二人を前にして、息を吸うことすら申し訳なく感じた。

「成美さんが悪いわけじゃないんだし、私たちはそんな風に思ってないから、お願いだから自分を責めないでね」

奈津さんは思いやりに満ちた言葉をかけてくれたが、私は優しくされるより罵倒された方が、ずっとずっと楽だったと思う。

◆　◆　◆

仕事がない。やることがない。何もしたくない――。

家から一歩も出ず、トイレに行く以外、私は頭まで布団にくるまっていた。不謹慎かもしれないが、不思議なほどぐっすり眠れた。今までの睡眠不足を取り戻すような勢いで眠り続けたが、ある日を境に、今度はぱったりと眠れなくなってしまった。体が疲れていないせいだろう。そう思い、朝から晩まで当てもなく歩き続けて、無意味に時間をやり過ごす。

働かざる者、食うべからず。今の自分には食事を取る資格などないような気がして、水だけで生活していたら、固形物を口に含んでもうまく飲み込めなくなってしまった。

しばらく後、携帯電話に連絡が入ったので、店長のマンションに足を運ぶ。店長と奈津さんは瘦《や》せこけた私を見て、即座に顔を曇らせた。

「消防署から火災の原因について連絡があったんですが、これといった出火原因は特定できず、放火の可能性が高いと言われました」

誰も何も分かってない――。

私は店長の報告を、鼻で笑ってしまった。

「ここのところ、近隣の市で何件か放火未遂があったそうなんですが、それらの放火と、うちの店の火災は、手口に類似性が見られるという結論が出たそうです」

奈津さんが、店長の話をサポートする形で説明を加える。

「私たちも消防の人から説明を受けたんだけどね、夜間に起きる火災の原因は、実は放火が一番多いんですって」

「たとえ放火であっても、犯人は草野くんです！」

「彼のことはもう忘れなさい！」

いつもは穏やかな店長が、初めて大きな声を出した。

「あなたの気持ちも分かりますが、勝手な憶測で物事を判断してはいけません。専門家は、きちんとした調査と経験に基づいて話をしているはずです」

そう言われたところで、はいと返事をすることなど、今の私にはできなかった。

「それより、食事だけはきちんと取ると約束してください。あなたが自分を傷つける必要はないんですよ」

店長と奈津さんの表情の奥に、私への優しさが含まれていることをひしと受け止める。

だが二人は、店の売り上げが落ちたとき、私がトロ子を疑ってしまったことや、草野くんにどのような思いを抱いていたのか知らずにいる。

それ故、二人の優しさに触れれば触れるほど、私は自分の落ち度を喉元に突き付けられているような気がした。罪悪感で押し潰されそうな心を引きずりながら、私は店長の家を逃げるように後にした。


頼れる人もなく、奨学金の返済も残っている私は、悲しみに暮れる余裕などなく、早急に次なる生活手段を見つけなければならなかった。

どこに履歴書を出そうか……。

求人サイトを検索すればするほど心が塞ぐ。

施設に相談に行こうにも、自分の活躍をさりげなく誇示するような手紙を出してしまったし、私が訪ねて行ったところで、宮さんが喜んでくれるとも思えなかった。

宮さんが愛情を注ぐべき相手は、施設を巣立った私ではなく、入れ替わり立ち替わりやって来る、誰かの助けを必要としている子供たちだということくらい、私は嫌というほど心得ていた。

「食べた人が健康で、元気で、笑顔になる料理を作りなさい――」

心に染み付いた宮さんの言葉が、耐え難い重荷となって私の肩にのしかかる。

調理の世界から離れたい……。

そんな気持ちとともに、今回のことで何ひとつ責任を取れなかった私は、自分自身を罰するつもりで東京を離れる決心を下した。

けれども現在の私は、再び保証人なし、無職という、高校卒業時と同等か、それ以上に条件が悪い立場になってしまった。不動産屋で向けられる視線は、行かずともありありと想像できる。そんな視線をはねのけながら、不動産屋を渡り歩くエネルギーなど微塵も残っていない私は、寮が完備された職場を探すことにした。

奨学金を借り、雨の日も風の日も休むことなく学校に通って取得した調理師の資格は、今となっては何の役にも立たず、これまで散々忠告されてきた、資格の壁、履歴書の壁が、行く先々で私の目の前に立ちはだかった。

前途多難って、こういうことか――。

分かったところで涙も出ない。

地道に応募を続けたが、明るい返事をもらえず途方に暮れていたある日、錆びついたポストの中に、チラシとともに一通の採用通知が紛れ込んでいた。

銀行に行ったついでに、アパートを引き払う旨を不動産屋に報告しに行く。

次にここに来るときは、鍵を返却するときだな……。そんなことを思いながら、改めて古びた雑居ビルを眺めると、階段の上に塗料が剝がれかけた文字で、「豊永ビルディング」と書いてあることに初めて気づいた。

今までビルの名前など気にしたこともなかったが、確かトヨエツの苗字は「トヨカワ」ではなく、「トヨナガ」だった気がする。だがトヨエツという呼び方が定着し過ぎていることに加え、トヨエツの本名に関心がないせいもあり、正確な名字は記憶の沼の中に沈み込んでしまっていた。

ビルの名前はさておき、トヨエツが中にいたらどうしようと思いながら不動産屋のドアを開ける。すると、そこにいたのは松ぼっくりだけだった。

「すみません、アパートを引き払いたいんですが……」

「あんた確か、トヨさんが通ってたカレー屋で働いてた人だよね？　聞いたよ、大変だったねぇ」

なんと返事をしたらいいのか分からず、私は黙って頷いた。

「引っ越すのは仕方ないけど、トヨさん、あんたの店に通い詰めてたから残念がるね。俺としちゃ、弁当仲間が復活して嬉しいけど」

「もしかして、今ってお弁当を買いに行ってるんですか？」

鉢合わせになる前に帰らなきゃ。そんな気持ちで問いかける。

「あの人、訳アリな仕事ばっかり引き受けるから、なかなか忙しいみたいよ」

「階段の上に豊永ビルディングって書いてありますけど、もしかしてここって、あの弁護士さんのビルなんですか？」

「いやぁ、それは昔の話。元々はトヨさんの親父さんの物件だったそうなんだけどね」

「今は違うんですか？」

「ビルのオーナーから聞いた話だと、トヨさんの親父さん、結構やり手でいくつか不動産を持ってたらしくてね。だけど不動産っていうのは、いかんせん額が大きいから、手ぇ広げ過ぎると、何かの拍子にバタバタって総倒れになっちゃうことがあるんだよ」

「はぁ……」

「そこまでは、この業界では割とよくある話なんだけどね、保険金のことや家族のことを考えたのかもしれないけど、トヨさんの親父さん、自殺しちゃったらしいんだよ」

松ぼっくりの話を聞きながら、雑居ビルの前で、見ず知らずの少年がしゃがみ込んでいる姿が、脳裏に浮かび上がる。

「ずいぶん前になるけど、なまっ白《ちろ》いあんちゃんが、このビルの部屋を借りたいって言いに来てね。それがトヨさんだったんだけど、あん時はまだ若かったから、仕事始めたばっかりだったんじゃないかな。ビルの名前とあんちゃんの名前が同じだから、あれって思ってビルのオーナーに話を聞いて、ようやく真相が分かったんだよ」

若き日のトヨエツは、どのような思いで不動産屋を訪ねたのだろう。その頃は、既に毎日カレーを食べていたのだろうか。

「そういう、曰《いわ》くつきのビルに事務所を構えてるんだから、あの人の根性は並みじゃないよ」

不動産屋を出た後、私はトヨエツの過去を無断で知ってしまったことに、罪悪感に近いものを感じた。松ぼっくりだって、誰彼構わずこんな話はしないと思うが、トヨエツは少なくとも私にだけは、自分の過去を話すつもりなどなかったに違いない。

親も保証人もいない私がアパートを借りられたのは、方々で断られた挙句、ふらりと立ち寄った不動産屋に偶然トヨエツがいたからだ。店長が事故を起こしたときも、トヨエツは嫌々ながら助けてくれたし、ジャンケンで負けたせいもあるが、わずかなお金で契約書まで作ってくれた。

そんなトヨエツに、私は声すらかけず逃げ出してしまった。

今後、トヨエツと会うことは二度とないかもしれないが、毎日カレーを食べに来てくれたトヨエツにだけは挨拶をしに行こう。

そんな決意をしたものの、勇気が湧かぬまま、とうとうアパートを引き払う日がやって来た。

店長と奈津さんには、メールで引っ越しをすることを報告した。

挨拶をしに行った方がいいことは分かっていたが、合わせる顔もないので落ち着いたら手紙を書こうと、会わずに発《た》つことにした。

不動産屋で松ぼっくりに鍵を返却した後、意を決して、雑居ビルの入口に足を踏み入れる。薄暗い階段を上ると、二階の奥にトヨエツの事務所の表札がかかっていた。

インターフォンを鳴らし、ドアの前でしばし待つ。

初めて不動産屋で会ったとき、値踏みするような目つきでジロジロ見られたことを思い出していると、不意にドアが開き、高い位置からトヨエツが顔を出した。

「よぉカレー屋、生きてたか」

トヨエツは私の顔を見てニヤリと笑うと、事務所に私を迎え入れた。

机の前で棒立ちになりながら、私は毎日カレーを食べに来てくれたお礼と、東京を離れることを報告した。

「そうか」

何かを期待していたわけではないが、トヨエツの返事はそれだけだった。

帰ろうと思い一礼すると、トヨエツはおもむろにタバコに火をつけた。

「おい、カレー屋」

「はい」

はいと返事をしながら、私はトヨエツが何を言うか想像した。

逃げんじゃねぇ。

諦めるんじゃねぇ。

ドラマのようなセリフが頭をよぎる。

俺の昼メシはどうなるんだ！

この期に及んで、自分勝手なことを言い出すかもしれない。

だがトヨエツの口から吐き出された言葉は、私の想像とはまったく違うものだった。

「被害者ヅラすんじゃねぇ」

この人は、こんなときでも辛辣なことを言うんだ……。

私はトヨエツに会いに来たことを、心の底から後悔した。

「俺は負け犬が作るカレーを食うつもりはない。どこへでも行きやがれ！」

松ぼっくりの話を聞き、トヨエツが隠し持つ陰の部分に触れた私は、孤独という感覚を通じてのみ知り得る、ある種の親和性のようなものをトヨエツの中に感じ取った。

心に傷を持つトヨエツは、自分と似た陰を持つ私に対し、なんだかんだ言いながらも最終的には味方でいてくれる。

心のどこかでそんなことを信じていたが、トヨエツに甘い期待をした私がバカだった。

これ以上ここにいても仕方がない。そう思い、ドアに向かって歩き出すと――、

「カレー屋」

トヨエツはドスが利いた声で私を呼び止め、以前と同じセリフを口にした。

「おまえの売りは何だ？」

その言葉に、思わず足が止まる。

私に売りなんてありません。助けてくれる気がないなら、慰めてくれる気がないなら、どうかほうっておいてください！

そんなことを言えるはずもなく、私は自分が履いている汚れた靴に視線を落とした。

「前を向いて、もう一度カレーを作る気になったら、真っ先に俺に連絡しろ」

「――――」

「カレーの味が落ちてねぇか、俺が確かめに行ってやる」

返事が涙となってあふれ出す。

トヨエツの事務所を飛び出し、涙を拭いながら薄暗い階段を駆け下りる。

トヨエツのエールを受け止めきれぬまま、私は東京を後にした。

# 15. ゾンビ食堂

うつむいた顔をほんの少し上げると、色彩にあふれた山々が連なる、信州のとある工場で私は働き始めた。私に採用通知を送ってくれたのは、コピー機やプリンターなどの精密機器の製造をメインとしている会社だったが、知識も経験もない私に与えられた仕事は、インクカートリッジの梱包作業だった。

コピー機の交換用カートリッジは、真空パックされた状態でベルトコンベアーから流れてくる。その真空状態に不備はないか、続いてブラック、イエロー、シアン、マゼンタの色を確認しながら、箱に詰めてシールを貼っていく。

ベルトコンベアーから流れてくるインクカートリッジを、私はトロ子のように先輩に怒鳴られないよう手際よく捌いていった。自らを機械の一部と化し、淡々と手を動かし続ける作業は、疲弊した心をリハビリするのに意外にも適した仕事のように思えた。

工場に着いた初日、寮に私を案内してくれたのは、毛玉だらけのカーディガンを着た管理人さんだった。おじいさんと言っても差し支えなさそうな風貌の管理人さんは、女子寮の一階の部屋に常駐しているらしく、説明より愚痴の方が多い話をしながら、殺伐とした工場の敷地内をゆったりとした足取りで進んでいった。

「一昔前まで、この辺りは何にもなかったから、工場で仕事をしたけりゃ寮に入るしかなかったんだよ。でも今の人たちは相部屋とか、トイレと風呂が共同とか、そういうのすっごく嫌がるでしょ。だから寮に入ってくるのは、最近じゃ外国の人ばっかりでね。そういう人たちは、お金が貯まれば自分の国に帰っちゃうから、もう何年も前から寮はスッカスカの状態。昔は男子寮と女子寮に一人ずつ管理人がいたんだけど、今は掃除もごみ捨ても全部俺一人でやらなきゃいけないから、かえって仕事が増えちゃってさ」

管理人さんが案内してくれたのは、劣化が進み、カメラを向けると余計なものまで写り込んできそうな三階建ての建物だった。管理人さんの後に続き、どことなくかび臭い階段を三階まで上り、303というプレートがついた部屋に案内される。

通された部屋は八畳くらいの広さで、スプリングが剝き出しになったベッドが2つと、部屋の隅に木製の机が備え付けられていた。右側のベッドの上には薄っぺらいマットレスが敷いてあり、その上に敷き布団と掛け布団が三つ折りにされ、てっぺんに蕎麦殻の枕とシーツが置いてあった。

えんじ色に花柄模様といういかにも古臭い布団は、祖母が使っていた布団を彷彿とさせ、ベッドの横に置かれた色褪《いろあ》せた黒のカラーボックスは、傷み具合からいって、不用品として置き去りにされたものらしい。

机の上には、水を入れると電気でお湯が沸く小型のポットがひとつ。部屋の入口には、小さな洗面所がついていた。

「今んとこ女子寮はガラガラだから、相部屋じゃなく一人で使っていいからね。あと女子寮の食堂は閉鎖されてるから、食事は男子寮の食堂で食べてね」

トイレは各階に2つずつ。お風呂は2階の奥。石鹸《せっけん》やシャンプーなどの備品は、自分のものを使うよう説明を受ける。その後、50メートルほど離れた男子寮の食堂を案内してもらい、再び女子寮に戻ってきた。

「すみません。近くに買い物ができるお店はありますか？」

「2キロくらい先の大通り沿いに、ホームセンターとスーパーがあるよ。歩いて行くと大変だから、寮の自転車を使えばいい。鍵は俺が持ってるから、使うときは声をかけて。あと、総務の人から話があると思うけど、一応、事前に保証金を入れてもらうからね。ほら、タバコで布団や床を焦がされたら大変じゃない。あ、タバコ吸うなら裏の喫煙所で吸ってね」

タバコを吸うつもりなどこれっぽっちもない私は、その言葉に黙って頷いた。

「昔は制服も無料で支給されたんだけど、今はお金を取られるそうだよ。会社も余裕がないんだろうね。はい、これ、おたくの鍵。いろんな人が住んでるから、トラブルにならないようにしっかり防犯してね」

管理人さんから鍵を受け取り、新たな気持ちで自分の部屋に足を踏み入れる。

ベッドの上の布団に手を触れると、じめっとした湿気を感じたので、お日様の光に当てようと窓を開けた。清々しい空気を胸に吸い込み、視界の先に目をやると、青々と澄み切った空が一面に広がり、淡い雲が形を変えながらゆっくり流れていった。

墓石が見えない分、私は前の部屋よりマシだと思うことにした。

　管理人さんが言っていたように、女子寮に住んでいるのは10人前後しかいないらしく、2階には年配の人が何人かいるようだが、3階は中国語を話す人と、聞いたことのない言語を話すアジア系の人たちが住んでいた。彼女たちは同胞意識が強く、目が合えば会釈くらいはしてくれるが、それ以上、私にかかわってこようとはしなかった。だが誰とも話をしたくない私には、そのくらいの距離感の方がむしろ心地良かった。

　この工場に勤めているのは、近隣の人、もしくは近隣に住居を借りている人が大部分を占めているらしく、敷地内の広大な駐車場は、様々な種類の自動車、ナナハンから原付きまでの、様々な排気量のバイク、そして色とりどりの自転車で埋め尽くされていた。

　終業のチャイムが鳴ると、工場で働く人々はそれぞれの交通手段で一斉に帰路に就くため、工場の出入口は、どこかの国境に置かれた検問所のような光景が、日々繰り広げられていた。

「あんた、どこから通ってるの？」

「私は寮に入ったので……」

　休憩時間中、新入りの私に声をかけてくれた人の顔がわずかに強張った。周りで話を聞いている人たちの表情にも、どことなくひやりとした感情が含まれているような気がした。

　工場の周辺にアパートが林立しているにもかかわらず、好きこのんで幽霊屋敷のような寮に入る日本人、それも私のような若者が寮に入るのは、この工場では極めて珍しいことらしい。この気まずい雰囲気から察するに、私は事情があって逃げているとか、前科があるとか、とにかく訳ありの人物と思われてしまったに違いない。

「共同生活って、何かと気を遣って大変じゃない？」

そんな言葉をかけてくれる人もいたが、施設の生活に慣れ切っている私にとって、わがままさえ言わなければ衣食住が保障される生活は、古巣に戻ったようで思いのほか快適だった。


昼食は、お弁当持参の人もそうじゃない人も、工場の社員食堂で食べることになっていた。社食のメニューは、お肉かお魚の日替わり定食、ラーメンかうどんの麺類、その他にカレーライスが置いてあった。

カレーライスは日替わり定食より値段が安いせいか、大勢の人が注文し、男性の中にはラーメンやうどんとセットにしている人もいた。

黄色いどろっとしたカレーソースから、ジャガイモや人参がデコボコと顔を出し、ご飯の上に真っ赤な福神漬けが添えられたカレーライスは、それなりに人気があるらしく、皆、残すことなくきれいに平らげていた。だが私はカレーだけは食べる気にならず、それどころかカレーを食べている人の近くに座るのも嫌だった。

初日は勝手が分からず、職場の人たちに誘われるまま一緒のテーブルに着いた。同じテーブルに座った人たちは、好奇心剝き出しの顔で新入りの私の家族構成や、ここに来た経緯、前職などを矢継ぎ早に質問してきた。

退屈しのぎの的になることに懲りた私は、翌日からお昼を知らせるチャイムが鳴ると、急ぎ足で社食に向かう人波を尻目に、工場の周りをぐるりと一周して時間を潰した。その後、混雑のピークが過ぎた社食の片隅で一番安いきつねうどんをすすり、作業開始時間ギリギリに自分の持ち場に戻るようになった。

私の仕事は月曜から金曜までだが、寮の食事は土曜日も仕事がある人たちのために、月曜から土曜まで提供された。メニューの選択肢はなく、朝食は7時半、夕食は18時半から配膳がスタートした。

男子寮に住んでいる人たちと、女子寮からやって来る10名前後の人たちは、定時になるとゾンビのようにぞろぞろと食堂に集まってきた。食事がのったトレイを無言で受け取り、無駄口を叩かず食事を詰め込むと、速やかにトレイを返却し、食堂を後にした。

人はマズい料理を食べたときより、雑に調理された料理を口にする方が心が沈む——。

寮の食事は、食堂を訪れたすべての人たちの心を深海の底に沈み込ませるような内容だった。当然、50人前後のゾンビたちの顔には、喜びや満足感といったものはゴマ粒ほども見られず、食事のせいか、厨房で働くおばさんがつっけんどんなせいか、「いただきます」や、「ごちそうさま」といった挨拶を口にする者は、誰一人いなかった。

◆
◆
◆

初めての休日、管理人さんから鍵を借り、私は自転車で買い出しに出かけた。

自転車は長年使われていなかったらしく、タイヤに空気は入ってないし、ブレーキは緩いし、ペダルを踏むたびに金切声のような音が鳴り響いた。私は日用品やお菓子とともに、自転車に差すオイルも購入し、翌日、自転車のメンテナンスに取り組んだ。

管理人さんから不要な布を譲ってもらい、自転車の汚れを拭き取っていく。

本格的な整備の仕方は知らないが、油を差しながら丁寧にチェーンを拭いていったら、べっとりこびりついていた汚れが落ち、ペダルを回しても金切声はしなくなった。

「ねぇ」

声がする方へ顔を向けると、私と変わらないくらいの年齢の女性が立っていた。ダボついたグレーのジャージをはいているので、寮に住んでいる人なのだろう。

「あたしの自転車にも、油差してくれない？」

そう言うと、その人は自分の自転車を持ってきた。ほこりまみれの自転車は、久しくというか、おそらく一度も手入れをしたことがないことは一目で分かった。

「あんた、３０３に入ってきた人でしょ？」

「はい」

「私、３階で唯一の日本人。鈴木真紀《すずきまき》っていうの。鈴木ってありきたりな苗字だから、イチローみたいに下の名前で呼んで」

年齢を聞くと、私より一つ年上だったので、真紀さんと呼ぶことにした。

「あんた、どこの部署で働いてんの？」

「インクカートリッジの梱包です」

「じゃあ、係長はちびデブの川崎《かわさき》だ」

初日に会ったきりなので、はっきり覚えているわけではないが、確か係長はそんな印象の人だった気がする。

「あたしはさぁ、9時5時って条件で食堂に入ったのに、社食は人が足りてるからって男子寮の厨房に回されたの。そしたら朝は早いし、夜も遅くまで働かされて、でもって昼休みが長いから労働時間は同じだって言うんだよ。それってなんかズルくない？　アッタマきたから、いつか辞めてやろうと思ってる」

「はぁ」

「ねぇ、寮のご飯、マズいっしょ？」

「いえ……」

「嘘つかなくていいよ。だって寮の食事は、社食の残り物で作ってるんだもん」

「そうなんですか」

「でもさ、この寮って規則は緩いし、夜も出入りは自由だし、ご飯がマズいのだけ我慢すれば、アパートより断然安いもんね。なんて、ご飯作ってるの、あたしだけど。アハハ」

話しているときは気づかなかったが、自虐的に笑う真紀さんは、右上の歯が一本欠けていた。

　2階のお風呂に行くとき、私は混み合う時間を避け、人がいない時間を見計らい部屋を出るようにしていた。5人程度なら入れる湯船に、ひとりで足を伸ばして浸《つ》かるのは、他に楽しみがない私にとって至福の時間だった。

　部屋に戻るのは日付をまたぐ時刻になっていたので、廊下を歩いても誰かとすれ違ったことはない。会ったところで女子寮なので、すっぴんノーブラの姿を見られても気にならないと油断していたら、廊下の向こうに男性が立っていた。

　ハッとして立ち止まると、向こうも私に気づいたのかこちらに顔を向けた。

　どっかで見たことがある……。

　そんな気がしたものの、その人がどこの誰なのか、どうにも思い出せなかった。

　互いに見つめ合っていると、奥の部屋から真紀さんが顔を出した。真紀さんは私を見ても顔色ひとつ変えず、男性を部屋に引っ張り込むと、そのまま扉をバタンと閉めた。

　次の日の夕方、休日を持て余して部屋でぼんやり過ごしていると、扉をノックする音が聞こえた。私は誰とも付き合いがないので、不審に思い薄めに扉を開けた。

　扉の向こうに立っていたのは、ゆるゆるのグレーのジャージをはいた真紀さんだった。真紀さんはにやにやしながら、扉の隙間から安物のプリンを差し出してきた。

「チクったりしないよね？」

「はい……」

それだけ言うと、真紀さんは自分の部屋に引き揚げていった。

口止め料としてプリンをもらったものの、どうにも食べる気にならず、かと言って捨ててしまうのももったいないような気がして、私は一階にある共同の冷蔵庫にしまいに行った。


女子寮の一階にある厨房は閉鎖されていたが、大型の冷蔵庫だけは現在も使われており、中に物を入れるときは部屋番号を書くよう、初日に管理人さんから説明を受けた。

厨房と食堂をつなぐカウンターの上に、オーブントースターと電子レンジが置いてあったが、一度も使ったことがないので、試しにタイマーのつまみを回してみた。

ジジジジ――。

虫の羽音のような音とともに、中にパッと電気が灯り、トースターも電子レンジも問題なく動くことが分かった。

厨房を見回すと、流しの横に置いてある古びた赤い丸椅子が目に入った。腰を下ろすと脚の長さが違うのか、悲しくなるほどがたがた揺れた。

私は人がいないことを幸いに、思う存分、厨房の雰囲気に浸りきった。

厨房というのは基本的に大差がないのか、火が落ちているときはどことなくひんやりとした空気が漂い、大型冷蔵庫から漏れる低音の唸り声が床を這うように響いていた。

その独特な空気感は、宮さんと過ごした温かい日々を私に思い起こさせた。

それ以降、昼休みを知らせるチャイムが鳴ると、私は急いで女子寮の厨房に戻り、ひとりでゆっくり、というより、人目を忍んで食事を取るようになった。

やりがいのない日々を過ごしているときは、自分の食事などどうでもよくなる。ひとりでいれば尚のこと。私は日々の食事を、カップ麺や冷凍食品で満たすようになっていった。

◆　◆　◆

一日の作業も終わりという頃、梱包済みの段ボールを別の場所に移動するため、スキー板をひっつけたような小型リフトが、私の担当エリアに入ってきた。

いくらか作業に慣れ、手元以外に目をやる余裕ができた私は、自分の体の一部のように機敏にリフトを操作する動きを、どこか惚れ惚れとした気持ちで眺めていた。荷物を満載にしたリフトがぐるりと方向転換すると、それに合わせて運転手の横顔がぐるりと正面を向いた。

あ！　次の瞬間、記憶と現実が証拠写真を合わせたように一致した。

この前会ったときは、私服だったので気づかなかったが、リフトの運転手は先日真紀さんの部屋に入って行った男だった。

真面目そうな顔だけ見ると、女子寮に不法侵入しそうなタイプには見えないが、見た目と違って大胆な性格なのかもしれないし、真紀さんに誘われやむなくという可能性だってある。

会社の寮は男女とも単身者専用なので、それなりの年齢の人は社内恋愛というか、そのような成り行きになるのは珍しいことではないのかもしれない。

かくいう私も、男子寮の食堂でトレイを手にして並んでいるときや、隅の席に座って食事を取っているときなど、自分に向けられる男性の視線に素知らぬ振りをしつつも、実はうんざりするほど気づいていた。

ある晩、女子寮に帰る途中、私は一人の男性に声をかけられた。

その男性は、時折、私のことをチラチラ見ていたし、最近は私の近くの席に座り食事を取っていることもあったが、私は頑《かたく》なに知らぬ振りを通していた。

「あの、気のせいかもしれないけど、俺のこと避けてます？」

「別に……」

「じゃあ、隣の席が空いてたら座ってもいいですか？」

相手が誰であれ、恋愛を謳歌《おうか》する気になどなれない私は、面倒なことにならぬよう、その場でＮＯを突き付けた。


いつものように、女子寮の厨房でひっそり冷凍パスタを食べていると、調理用の白衣に身を包んだ真紀さんが入って来た。平日の昼間に寮にいるのは、男子寮の厨房で働く真紀さんと、主任のおばさんくらいだが、今まで厨房で食事をしていても、私は二人に会ったことがなかったので、少々面食らってしまった。

「あんた、なんでこんな薄暗いとこで食事してんの？」

厨房にいることを気付かれぬよう、私は電気を点けずに食事を取っていた。

「社食だと、何だか落ち着かなくて……」

「ふーん」

真紀さんは冷蔵庫からペットボトルのコーラを取り出すと、その場でがぶがぶ飲み始めた。冷蔵庫の奥には、以前真紀さんからもらったプリンがそのまま放置してある。真紀さんが気づいたらと思うと、首筋がヒヤッとした。

「こんな時間までお仕事だったんですか?」

「ほんのちょっと遅刻しただけなのに、長々と説教された挙句、皿洗いもごみ捨ても、夕飯の下準備まで、全部私に押し付けやがってさ。杉野《すぎの》のババァ、マジむかつく」

「お疲れ様です……」

なんと言えばいいか分からず、とりあえず無難な言葉を口にする。

「ホントお疲れ、お疲れ過ぎだよ。だってさ、朝の6時から夜の8時過ぎまで14時間も仕事なんだよ。いくら昼休みが6時間あったたって、労働何とか法に絶対違反してるっしょ」

真紀さんは飲みかけのコーラを冷蔵庫に戻すと、バタンと扉を閉め、厨房から出て行った。

真紀さんが去った後、私は店長と奈津さんと交わした会話を思い出していた。

店長と奈津さんは労働時間を減らせというだけでなく、音楽を聴けとか、小説を読めとか、恋をしろとまでアドバイスしてきた。正直、あの時はうるさく感じたものの、親身になって気にかけてくれている気持ちは、きちんと私の胸に伝わった。

結局、私は二人のアドバイスをひとつも実行せず、カレーだけに情熱を注ぎ込んでしまったが、店長と奈津さんは誠意を持って未熟な私に接することで、大人としての手本を示してくれたように思う。

にもかかわらず、私は散々お世話になった二人に取り返しがつかない迷惑をかけた挙句、逃げるように姿を消してしまった。

手紙を出そう、出さなければ……。

そんな思いを引き延ばし、日に日に罪悪感だけが膨らんでいった。

そう言えば、私はトロ子にも手紙を書いていない。

トロ子は今、何の仕事をしているのだろう。案外私と同じように、どこかの寮に身を寄せながら、工場で働いているのかもしれない。

どうかトロ子が、意地悪な先輩から怒鳴られていませんように――。

本当に陰ながらだが、私はトロ子の幸せを切に願った。

けれどもトロ子自身が案じていたように、仕事が思うようにいかず、再び泣きたくなるほどつらい状況に追い込まれ、以前のように私に会いに店を訪ねてきたら……。つい、そんなことを想像してしまう。

トロ子は店が火事になったことを知らないから、私に会いに来たら驚くだろうな。

トロ子が描いた猫のイラストが、看板になったところを見てもらいたかったな。

今の私の姿を見たら、トロ子はどう思うかな……。

たとえ私がどんな格好をしていようと、どこで、何の仕事をしていようとも、たぶんトロ子は、トロ子だけは、子供の頃と変わらぬ笑顔で「成ちゃん」と、微笑んでくれるような気がした。

# 16. カラスのご馳走

打たれ強いのか、はたまた無神経なのか。先日、私に話しかけてきた野田《のだ》くんという名前の男性は、リベンジと言いながら性懲りもなく私を呼び出した。

年が近いという理由だけで妙に懐いてくる野田くんを、いい加減疎ましく感じ始めた私は、断る理由をきちんと説明することにした。

「悪いけど、野田くんがどういう人だろうと、私は誰とも親しくなるつもりはないの。これ以上、自分の気持ちを押し付けてこないでくれる？」

「――分かった。でも、どうして誰とも親しくなるつもりがないわけ？」

「誰でもひとつくらい、人に言いたくないことってあると思わない？」

「そうだね……」

女子寮に向かって歩き始めた私に、野田くんは尚も食い下がってきた。

「言いたくないことは言わなくていいし、親しくなるつもりがないならそれでもいい。でもただ話をしてるだけなのに、そんなに敵意を剥き出しにしなくたっていいんじゃない？」

私はこの段階で、断れば断ったなりに面倒な展開になることを悟った。

21時に駐車場の裏で待ち合わせ、10分だけ話をする。

初めに提示された、15分というタイムリミットを10分に縮め、毎日ではなく週に2回ということを条件に、私は野田くんの提案を渋々ながら受け入れた。

「成美さんって、呼んでもいいかな？」

しつこく名前を聞いてくるので教えたら、それ以降、野田くんは私のことを名前で呼ぶようになった。呼び捨てにしない分、チャラ山よりはマシかもしれない。

「洗濯が面倒だから」

そんな言い訳をしながら、野田くんは待ち合わせ場所に作業服を着て現れた。

本当に洗濯が面倒なのか、はたまた服のセンスに自信がないのか定かではないが、くすんだベージュの制服を着て私の横に立つ野田くんは、隣にいても圧を感じさせない柴犬のような雰囲気の人だった。

ところがいざ話をしようにも、私の仕事はインクカートリッジの梱包という単純作業だし、かたや野田くんは先端技術を駆使した企業用のコピー機の製造に携わっているらしく、職種も違う上、互いに寮と職場を行き来するだけの生活なので、共通の話題など、どこをどう探そうと見つけようがなかった。

そういうこともあり、野田くんが最初に話題に上げるのは、決まって夕飯のことだった。

「俺、肉じゃが好きだからさ、今日の晩メシ何気に期待したんだけど、期待した分、絶望感が半端なかったわ」

「完全に醬油が勝ち過ぎてたし、煮るときの火が強かったのかもしれない」

「あれ、成美さんって料理するんだ？」

「味が濃かったから、そう思っただけ」

真紀さん曰く、寮の食事は社食の残り物のせいか食材の質が極めて悪く、調味料も最低レベルのものを使用していることは、食事を数回口にしただけで分かった。

黄みを帯びた古米は、研ぎ方が雑なせいか臭みが残っていたし、風味が飛んでしまった味噌汁は、粉末の出汁を使い、味噌を入れた後も冷めないように火にかけ続けているに違いない。

何よりすべての弱点を補おうと、むやみに味を重ね過ぎていた。

今日の夕飯は肉じゃがというポピュラーなメニューだったにもかかわらず、おふくろの味を期待していた日本人の舌を落胆させ、外国人には醤油が強くて受け入れてもらえず、多くの人が食事を残したままトレイを返却した。

無理してマズいものを食べずとも、部屋に帰れば、誰しもお菓子の買い置きくらいあるし、お湯さえあればカップ麺だって作れる。

躾《しつけ》を施す年齢を過ぎた人たちに、もったいないという気持ちが起こることを期待すること自体、そもそも無理があるのかもしれない。


次の日が日曜ということもあり、その晩、私はいつもよりゆっくりお風呂に浸かり、部屋に戻った後も、ぐずぐず夜更かしをしていた。

ゴロゴロゴロゴロ――。

廊下を移動する奇妙な音に、思わず耳をそばだてる。下手にドアを開けて誰かと目が合ったら気まずいので、私は顔を出せる分だけ窓を開け、寮の入口に目をやった。

時間をおいて玄関から出てきたのは、トランクを引いた真紀さんだった。

待ってましたとばかりに暗闇から男が現れ、真紀さんの手からトランクをひったくると、代わりに引き始めた。そんな男気に胸を打たれたのか、真紀さんは男の腕に自分の腕を絡ませ、見ているこちらが恥ずかしくなるほど、男の体にべったりともたれかかった。

真紀さんの相手が例の小型リフトの男かどうかは判別できなかったが、二人は闇の中に姿を消した。


月曜日の朝、朝食を食べに男子寮に足を運ぶと、食事を待つ人の列が食堂の外まで延びていた。もしやと思って厨房を覗くと、杉野というおばさんが一人で配膳を行っていた。ご飯をよそい、続いて汁物をよそう。真紀さんと二人でこなしていた作業を一人で行うとなると、当然、時間は倍かかる。やってやれないことはないかもしれないが、寮の人たちは9時までに職場に行かなければならないので、朝食を放棄せざるを得ない人が出る可能性もあった。

以前の私なら、すぐさま厨房に入り、孤軍奮闘している杉野さんに迷わず手を貸したと思う。だが今の自分には人様の食事にかかわる資格などないような気がして、部屋に戻ると、湿気《しけ》ったビスケットをかじって空腹をなだめ、そのまま仕事に向かった。

夕飯は朝食より品数が多いせいか、杉野さんは更に大変そうだった。見て見ぬ振りをして、何日かやり過ごす。

いじめを黙認しているような後味の悪さがぽつりぽつりと溜まっていくと、胸に溜まった雨水のような思いは、次第に喉元までちゃぷちゃぷせり上がってきた。

◆　◆　◆

野田くんと会ったところで特に話したいことなどない私は、これまで野田くんの話に適当にあいづちを打ちながら時間が過ぎるのを待っていた。だが今夜、初めて自分から会話を試みた。

「実は、食堂の配膳を手伝おうと思ってるんだ」

「うーん、それはやめておいた方がいいかもよ」

「どうして？」

「成美さんは、親切心からそんなことを言ってるんだろうけど、そもそも50人分の飯を、あのおばさん一人に作らせること自体無理があるんだよ。下手に手伝ってなんとかなったら、それこそ生殺しの状態が長引くだけなんじゃないかな」

「でも、誰かが手伝わないと……」

「そうかもしれないけど、具体的な被害が表に出るまで会社は動かないと思う。そういう意味ではいじめや虐待と似てるよな」

「だからって、見て見ぬ振りして放っておくのはひどすぎない？」

「みんなひどいと思ってる。だけど会社の経営が傾いてるから、寮の飯まで手が回らないって話だよ。社食は残っても、寮の食堂はなくなるかもしれないって寮長がぼやいてた」

不思議なもので、野田くんが反対すればするほど、私の中で杉野さんを手伝おうという気持ちが、確固たる信念へと変わっていった。


翌朝、意を決して、私は6時に男子寮の食堂に向かった。

ところが朝食の形態が変わったらしく、食堂の奥にはオーブントースターが3台と、その横に山のように積み上げられた食パンが並んでいた。食パンの隣には、食べきりサイズのマーガリンとマーマレードジャム。更に一歩進むと、粉末スープとポットが2台置いてあった。

厨房を覗くと、鬼のような形相《ぎょうそう》で杉野さんが卵を割りまくっている。

この方式なら、私がしゃしゃり出る必要はない。私は杉野さんに声をかけず、すごすご自室に引き返した。

ところが、人手がかからぬよう改善を施したバイキング形式の朝食は、大失敗に終わった。トースターでパンを焼くのに約3分かかる。トースター3台で、3分かかって焼けるパンは3人分。9分で9人分。50人分のパンを焼くとなると、必然的にトースターの前で大渋滞が発生した。

ポットの周りは飛び散ったお湯で水浸しになり、おかずが卵しかないせいか、多めに取る人が続出し、遅れて食堂に来た人はあおりを食って、卵にありつくことができなかった。

その後、トースターとポットが一台ずつ増えたが、食堂の改善はそれ切り幕を閉じた。

結果として、朝食を食べに食堂に集まる人はがくんと減った。朝の忙しい時間にトースターを待つのは時間の無駄に他ならず、自室でパンをかじるか、シリアルで腹を満たしている人も大勢いるのだろう。


工場の仕事を終えた私は、夕食の支度をしている杉野さんに思い切って声をかけた。

「あの、私でよければ、配膳を手伝いましょうか?」

杉野さんは、獲物を見定めた猛禽類《もうきんるい》のような眼差しを私に向けた。あまりの目力の強さに、余計なことを言ってしまったのではないかと一気に不安がこみ上げる。

「あんたに同情されて、喜ぶとでも思ってるのかい?」

「同情というか、私も人手の足りない飲食店で苦労したことがあるので……」

消え入りそうな声でそう説明すると、杉野さんは厨房の奥にひっこみ、エプロンと帽子を取って戻ってきた。

杉野さんから渡された帽子を手に取ると、エプロンの上に茶封筒が置いてあった。確認せずとも、中身は察しがつく。

「こういうことは結構です」

そう言って茶封筒を返すと、杉野さんはものすごい剣幕で私を怒鳴りつけた。

「あんたに頭を下げる気なんてこれっぽっちもないんだよ! 受け取るつもりがないなら、手伝いなんか必要ない!」

勢いに押され、仕方なく茶封筒をポケットにしまう。

夕飯時、私は汁物をよそう仕事を手伝ったが、食後、山のように溜まったお皿を洗おうとすると、杉野さんは私の手伝いを断固拒絶した。

翌日、下準備の手伝いをしようと、早めに厨房に入ると、「白衣を着てない人に、食べ物は触らせない！」と言って、杉野さんは私を厨房から追い払った。

だが一人では、さすがに手が回りきらないのだろう。

寮の夕飯はコロッケ、メンチカツ、白身魚のフライやかき揚げといった、冷凍食品を使った揚げ物が頻繁に登場するようになった。おかずに文句をつけるつもりはないが、古い油で揚げていることは一口食べればすぐに分かった。

時短と能率アップで乗り切る以外ないのかもしれないが、寮の食事は以前にも増して荒《すさ》んでいった。


何度断られようとへこたれず、今日も夕飯前に食堂に顔を出したものの、私はいつものように厨房に入れてもらえず、仕方なく食堂の机を拭いて回っていた。そこへ汚れた白衣を着たおなかのせり出たおじさんが入って来て、厨房で働く杉野さんに声をかけた。

「杉野さん、食堂の入口に休みのお知らせを貼れって言ったじゃない。早めに告知しなきゃ、寮の人に迷惑かけるでしょ」

「代わりの人は来てくれないんですか？」

「社食のスタッフは月から金って条件で働いてるから、土曜日は無理って言ったじゃない」

「これまで二十年間、休まず働き続けてきたんです。一日くらい、一食くらい代わってくれたっていいじゃないですか」

「悪いけど、それはあんたの問題で、俺は休むななんて今まで一度も言ってないよ。それに人が定着しないのだって、元はといえばあんたが厳しすぎるからだろ。問題が起こると、すぐにこっちに押し付けてくるけど、寮の問題はあんたが解決してくれよ」

そのおじさんは社食の主任のようだったが、一方的に話をすると、すぐさま食堂から出て行った。二人の関係が良好でないことは、部外者の私にも分かった。

◆
◆
◆

ある朝、工場に行く途中、カラスのやかましい鳴き声がするので厨房の裏へ足を向けた。想像していた通り、黒光りする羽を盛大に広げながら、数羽のカラスが一斉にごみ袋をつついていた。袋を破かれ、生ごみが散乱すると掃除が大変なので、そばにあったほうきを手に取り、慌ててカラスを追い払う。

このまま放置しておくと、再びカラスにやられてしまうのは目に見えているので、ひとまずごみ袋を厨房にしまおうと、袋の結び目をつかんで持ち上げた。次の瞬間、腕にずっしりとした重さを感じた。不審に思い、カラスが破いた袋の裂け目から中を覗く。

袋の中に詰め込まれていたのは、朝食用の食パンだった。

ごみとなった大量の食パンを前にして、胸がわさわさ震え出す。

祖母がいなくなった晩、飢えを凌ぐため、青カビが生えた食パンを食べた記憶が不意に呼び起こされた。

「ねぇ、それ捨てちゃうの？」

幼い頃のみすぼらしい自分に見つめられ、そんな言葉を投げかけられた気持ちになる。

食パンが詰め込まれたごみ袋を運びながら、私は身を切られるような痛みを感じた。

食パンを無駄にしないためには、罪悪感に似た痛みから逃れるためには、一体どうすればいいのだろう――。

考えずとも、私の答えは出た。


「厨房で働かせてください！」

私が寮の厨房で働くことになったら、杉野さんは顔をしかめながらも喜んでくれるに違いない。だがそんな予想に反し、杉野さんはいつも以上に鋭い目つきで私を睨みつけた。

「やめときな」

「私、工場より厨房で働きたいんです」

「それなら、よそで働きな」

「ここの仕事は一人じゃできません。それは杉野さんだって分かってるはずです」

杉野さんは返事をせず、流しに立って朝食の洗い物を始めた。土曜日だったので私も隣の流しに立ち、洗い物を手伝う。後片付けを終え、ふきんを干していると、杉野さんは何も言わず食堂から出て行った。

午後は3時に食堂に入ったが、厨房に杉野さんの姿はなかった。

本気で働く意志があることを分かってもらうためには、どうすればいいのだろう。

厨房内を見回すと、流しの下で息を殺すように隠れている砥石《といし》を見つけた。包丁の研ぎ方は調理師学校だけでなく、宮さんや店長にもマンツーマンできっちり仕込まれている。

十分な水で砥石を濡らし、人差し指と中指を包丁に当て、砥石との角度を15度にキープしながら丁寧に包丁を砥いでいく。

最後の包丁を砥いでいると、白衣に身を包んだ杉野さんが厨房に入ってきた。

勝手なことするんじゃないよ！

そんな風に怒鳴られることを覚悟したが、杉野さんは私と目を合わせようとしなかった。

エプロンを身につけ、米をザルに入れる杉野さんの手首には、ベージュの湿布が貼られていた。宮さんも手首が痛いとしょっちゅう口にしていたので、厨房に立つ者の職業病なのかもしれない。

「手伝います！」

そんな言葉が口から出たが、「何度も同じことを言わせんじゃないよ」と、杉野さんは、泡だて器を使ってざくざく米を研ぎ始めた。ただでさえ脆《もろ》い古米が、乱暴な研ぎ方でボロボロに割れてしまうのではないかと心配になったが、取り付く島もないので、いったん部屋に引き揚げる。

夕飯前、私は再び厨房に入り、配膳を手伝った。

人が引けた後、最後に食事を取った私は、厨房にいる杉野さんに「ごちそうさまでした」と声をかけた。私の声は杉野さんの耳にも届いたはずだが、杉野さんは頑なに私を見ようとしなかった。

以前私は、良かれと思って努力した結果、店長の居場所を奪ってしまった。もしかしたら杉野さんもそういうものを感じて、私を拒絶しているのかもしれない。

今日は野田くんと会う日なので駐車場に向かったが、野田くんに話したいことなどひとつもなかった。私が配膳を手伝うことを野田くんが良く思っていないことは、食堂に並んでいるときの顔つきで分かった。

「結局、手伝うことにしたんだね」

「うん……」

「料理の仕事がしたいなら、寮の厨房なんかじゃなく、別のところで働いた方がいいんじゃない？」

「そうかもね」

「とにかく、自分の将来をもっと大切にした方がいいと思う」

私のことを心配してくれる野田くんの気持ちは、もちろん嬉しい。だが私は、そう簡単に自分の決意を変えるつもりはなかった。けれども、どれだけ働きたい気持ちがあろうと、杉野さんに受け入れてもらえなければ、私は下準備すら手伝わせてもらえない。

解決策もなく、暗い気持ちで女子寮に向かって歩いていると、男子寮の食堂に明かりが灯っていた。仕事はとっくに終わっている時間なので、杉野さんが電気を消し忘れたのかもしれない。

いや、まさか——。

草野くんがタバコを吸っている姿が脳裏をよぎる。

杉野さんがタバコを吸うかどうかは知らないが、うっかり火を消し忘れることだってあるかもしれない。急いで食堂に向かいドアを開けると、丸椅子に虚《うつ》ろな表情で腰かけている杉野さんの姿が目に入った。

「——何しに来たの」

顔こそ半分しか向けなかったが、杉野さんの声にいつもの棘々しさはなかった。

「電気が点いていたので、消そうと思って……」

「あたしが消しとくから、あんたは帰んなさい」

杉野さんは、毎日、朝晩、身を粉にして大勢の人の食事を作る。だが食堂に集まる人たちはもちろん、仲間であるはずの社食のスタッフや、年老いた管理人さんでさえ、さりげなく杉野さんを避けた。

私が知る限り、進んで杉野さんと関わろうとする人は、誰もいない。

「疲れてるみたいですけど、大丈夫ですか?」

「あんたに関係ない」

心を寄せても牙をむく。

杉野さんは、あまりにも長い年月、放って置かれ過ぎたのかもしれない。

「――すみません、こないだ聞こえちゃったんですけど、来週の土曜って食堂お休みなんですか？」

違う話題を口にしても、杉野さんは返事をせず、湿布の上から手首をさすり続けている。杉野さんが心を開く相手は私ではないのだろう。一礼して立ち去ろうとしたその時、杉野さんが重い口を開いた。

「あんたに言ってもしょうがないけどね」

「はい」

「――息子が結婚するんだって」

「その結婚式が、土曜日なんですね」

「私から息子に連絡したのは、二十年前。――ここに来た年に、年賀状を一枚出したきり。だから結婚式に出る資格なんかないんだけど、絶対顔を出せって、こないだ息子から連絡があってね……」

施設にいる私の元に、両親から手紙が届いたことは一度もない。だが私の周りには、親から届いた年賀状を誰にも見つからないところに隠し、大切にしている子供たちが大勢いた。

「ここに来て二十年。私は一日も休むことなく働いてきた」

「はい……」

「二十年って口で言うよりずっと長い。なのに頭を下げても、仕事を代わってくれる人は誰もいない。それに遅かれ早かれ、寮の食堂はなくなるかもしれない。こんな苦労するのは、私一人で十分！」

杉野さんが頑なに私を拒絶していたのは、杉野さんなりの思いやりだったことを知る。

「私が代わりに食事を作れば、息子さんの結婚式に出席できますか？」

杉野さんは、私の言葉を鼻で笑った。

「素人のあんたに、何ができるってんだい」

「――私、カレーライスなら50人分作れます」

「あんたはちょろっと料理をかじったことがあるようだけど、50人分の調理って、思ってるほど甘かないよ」

「――知ってます」

「肉だって野菜だって段ボール単位で切らなきゃならない。あんたにそれができんのかい？」

「できます」

「途中で音《ね》を上げても、助けてくれる人は誰もいない。できませんでした、ごめんなさいじゃ済まされないよ」

「大丈夫です」

試合前のボクサーのように、杉野さんは鋭い目で睨みつけながら私の覚悟を確かめた。

「朝食はあたしが作るけど、夕飯はあんたに任せる。いい？」

「はい！」

カレーを作る。

もう一度、カレーライスを作ることができる。
消えてしまったカレーへの情熱が、胸の奥で再び息を吹き返した。

# 17. 私のカレーを食べてください

東京を離れるとき、私は極力私物を処分し、必要最低限の荷物でここに来た。その際、スパイスボックスだけはどうしても手放すことができず、ここまで持って来てしまったが、使う機会もないので押し入れの奥にしまい込んだままだった。

スパイスはなんとか使えそうな状態を保っていたが、カレーリーフなどフレッシュなものを使いたいスパイスもあるし、50人分のカレーを作るとなると、足りないスパイスもいくつかあった。

ネットで注文した場合、当日までに届くという保証はないし、品質だって封を開けてみるまで分からない。頼るべきは奈津さんしかいないが、東京を離れて数ヶ月、私は手紙を出すと言ったきり、何の連絡もしていなかった。

詳しい理由は説明せず、必要なスパイスと送り先の住所を記載し、私は失礼を承知で奈津さんにメールを送信する。

前日の金曜日、管理人さんから私宛てに届いた段ボールを受け取ると、表に奈津さんの名前が書いてあった。どこで何をしているか一切知らせず、スパイスを送ってほしいと不躾なメールを送ったにもかかわらず、奈津さんは何の詮索もせず、私にスパイスを送ってくれた。それだけでも十分ありがたいのに、段ボールの中には二つに折られた若草色の便《びん》箋《せん》が入っていた。

手に取り、広げてみると、便箋に記されていた文章は一行きりだった。

『あなたらしいカレーを作ってください』

心を震わせ、奈津さんのメッセージを受け止める。

その言葉は、私の心に火を灯した。

当日の朝、事前に支給された調理用の白衣と、白の調理キャップを部屋で身に着け、鏡の前に立つ。

うーん、我ながらクソダサい。

だが今の私にとって、これほどふさわしい戦闘服はなかった。

朝食の配膳を終えると、杉野さんは残りの仕事を私に任せて食堂から出て行った。

杉野さんは、私が固形のルーを使ってカレーを作ると思っているに違いない。固形のルーを使えば、料理をしたことがない人や、小学生が調理したって、それなりのカレーライスが出来上がる。

だが私には並々ならぬカレー愛と、カレー屋の店長として働いていた意地がある。

食堂に集まるゾンビのような人たちに、カレーライスを食べる喜びを是非とも味わってもらいたい！

朝食の片付けを終えると、私は早速カレーの下ごしらえに取りかかった。

けれども、その前に――、

「まずは優しい手を作ること。その手で作った料理が食べた人の栄養になって、みんなの体を大きくするんだからね」

私の手で触れたものが、手に宿った思いが、料理となって食べた人のエネルギーになってゆく。思いを込めて、祈りを込めて、私は自分の手にマッサージを施した。

「料理を食べる人の顔を思い浮かべなさい。そしてその人が健康で、元気で、笑顔になる料理を作りなさい」

目を閉じた後、私は頭の中で笑顔にしたい人の顔を探った。

東京から逃げるようにここにやって来て、頑なに他人とのかかわりを拒絶していた私に、何度断わられようとも根気強く話しかけてくれたのは、野田くんだけだった。

野田くんは私が厨房に入ることに反対していたが、私が作ったカレーを食べたら笑顔になってくれるだろうか。カレーライスを頬張る野田くんの顔を想像するつもりが、エサを待つツバメの雛《ひな》のような顔になってしまい、思わず笑みがこぼれてしまう。

笑顔になるのは私ではなく、野田くんの予定だったが、まぁこれで良しとしよう。

調味料と調理道具の場所は、杉野さんから事前に教えてもらっているし、必要な食材の有無もチェックしてある。

まず最初に私が手をつけたのは、時間を必要とするブイヨンを作る作業だった。

今日のカレーのためだけに、新たな材料を買い揃えるのは、長年厨房を切り盛りしてきた杉野さんに対しフェアじゃない。私はカレーを作ることが決まった日から、くず野菜や鶏ガラを冷凍庫にストックし、そこにセロリとパセリとローリエを加え、ブイヨンの材料にした。

次に、鶏肉の下ごしらえに取りかかった。

事前に何のカレーを作ろうか考えたが、寮には韓国、中国、東南アジアから働きに来ている人や、直接聞いた訳ではないが、それ以外の地域の人たちも数名いた。宗教上の理由を考慮し、私はチキンカレーを作ることに決めた。

だがいかんせん、メインとなる鶏肉の質がよろしくない。

こういう時は、ヨーグルトにカレー粉を混ぜ、レモン汁を少量加えたものに鶏肉を漬け込めばいい。この方法で鶏肉を寝かせると、肉質が柔らかくなるだけでなく、味と風味が肉の内部までしっかり染み込むと、店長から教わった。

続いて、カレーに使用するスパイスを準備する。

パウダーにしたいスパイスもあるので、私は棚の隅でほこりをかぶってる電動ミルに手を伸ばした。ところがスウィッチを押しても、肝心のミルはウンともスンとも動かない。仕方がないので、すり鉢でスパイスをすった後、ザルを使ってふるいにかけた。

古典的な作業を何度も繰り返して作ったカレー粉とガラムマサラは、思いのほか風味豊かなものに仕上がった。

古米の炊き方は、宮さんからさんざん仕込まれているのでお手のものだ。

独特の臭みは、表面に付着している米ぬかや、古くなった脂肪分が原因なので、何度も水を替えながら丁寧に米を研ぐ。古米はパサつきが激しいので、洗米後は冷水に浸してラップをかけ、冷蔵庫でしばらく寝かせておいた。炊く前に水を切ったものを「洗い米」と言い、この米に少量のみりんを加えて炊くと、臭みが消える上、みりんで米の表面がコーティングされ、ふっくら艶やかな米が炊き上がる。

玉ねぎ、人参、ジャガイモの皮剥きは、既に嫌というほど体に染み込んでいた。今日のジャガイモは形を残して使おうと、鍋に入れず別茹《べつゆ》でにした。

玉ねぎに関しては諸説あり、やれキツネ色に炒めろ、いやアメ色だ、中には12時間以上炒める人もいると聞く。

「アメ色って、どんな味のアメのこと？」

以前、トロ子にそんな質問をされた。

「うーん。アメというより、キャラメルの色に近いかな」

手間暇かけて、アメ色になるまで水分を飛ばした玉ねぎは、確かに甘い。

フライパンにホールスパイスを投入し、香りを十分引き出した油で、玉ねぎを根気強く炒めていく。そこにニンニクとしょうがを加えると、得も言われぬ香りが漂い始めた。

香りが引き金となったのか、幼い頃、カレーライスを作ってくれた先生の姿が、脳裏に浮かび上がった。あの時、先生が手を抜かずに作ってくれたカレーライスは、その後の私の人生を大きく変えた。

鍋に入れたホールトマトを潰していると、店長にカレー作りのレクチャーを受けた日の感動がまざまざと蘇ってきた。二十歳の誕生日プレゼントの代わりに、私は「カレーの仕込みを手伝わせてください」と言った。あの時の店長の笑顔。初めて口にしたハイネケンの苦み。ひとつひとつの優しさが改めて心に沁《し》み渡る。

パウダースパイスを鍋に加え、カレーらしい香りが立ち上ると、奈津さんにスパイスのことを教わった日の喜びが、胸の奥から溢れ出した。カレーについて語り合えた純粋な喜び。年下の私に親身になってアドバイスしてくれたこと。すべてを包み込んでくれる柔らかい微笑み。いつか私も、奈津さんのような女性になれる日が来るのだろうか。

慣れ親しんだ香りに導かれ、心のスクリーンに次々と思い出が映し出されていった。

初めて店長のカレーを食べた日の、震えるほどの興奮。

一人でランチを切り盛りしたときに経験した達成感。

カレー祭りに来てくれた人たちの弾けるような笑顔。

みすぼらしいアパートの一室で、トロ子と二人で流した涙——。

「おい、カレー屋！」

どこからともなく、トヨエツの声が飛んでくる。

見えない力に背中を押され、私は自分の持っている力をすべて出し切り、遂に50人分のカレーライスを完成させた。

夕飯直前、杉野さんが慌てた様子で厨房に姿を現した。

「あんた一人に任せて悪かったね」

「大丈夫です。慣れてますから――」

杉野さんは鍋からカレーをすくって小皿に移し、私が作ったカレーを味見した。

予想通り、杉野さんは感想を口にしなかった。だが私は、杉野さんから褒められることなど端から期待していなかった。

カレーに、最後の仕上げの「テンパリング」を施す。

黒い液体のガラムマサラの代わりに、私は熱でスパイスの香りを最大限に引き出した油を、鍋の中にジャッ！　と投げ入れた。

次の瞬間、食欲をそそる香りが鍋から一気に立ち上がった。

嗅覚を刺激された者は、思わずごくりと唾を飲み、ふらふらと食堂に誘《いざな》われてしまう。

そんな本能を激しく揺さぶるカレーの匂いが、食堂を包み込むような勢いで充満していった。

盛り付けはトヨエツ好みの、きっちり6時を示すハーフライン。男性が多いので食べ応えを考慮し、鶏肉とジャガイモをごろりと転がせた。

配膳は、杉野さんと二人で行った。

定時になると、寮に住む人々は例によってゾンビのようにぞろぞろと姿を現し、カレーライスとサラダの皿がのったトレイを順番に受け取っていった。トレイを手にした人々は、席に着くなり無言でカレーライスを食べ始めた。

カチャ、カチャ。カチャ、カチャ。

スプーンが皿に当たる金属音だけが鳴り響く。いくらカレーライスを作り慣れているとは言え、食堂を覆い尽くす不気味な沈黙は、私を不安のどん底に突き落とした。

そうこうしているうちに、食べ終わった一人が席を立った。

返却口にトレイを置き、すぐさま出入口へ向かう。その時、帰ろうとする男の前に、突然、杉野さんが立ちはだかった。

「――ごちそうさまくらい、言いなさいよ」

何故、そんなことを言われるのだろう。

男はそんな様子で、キョトンとした顔をした。

「あんた、口が利けないのかい？」

杉野さんの嫌味につられ、男が心ない言葉を投げ返す。

「毎日マズい飯を食わされて、今更そんなことが言えるかよ！」

次の瞬間、食堂に鋭い音が響き渡った。

私を含め、食堂にいるすべて人の目が、自分より大きな男に平手打ちを浴びせた杉野さんに釘付けになった。

「何すんだ、ババァ！」

平手を食らった男が、声を荒らげる。

「いつも言えなんて言ってないよ。でも今日のカレーはマズいとは言わせないよ！」

杉野さんの口から出た言葉に、私は驚きながらも胸を打たれた。

だが私が作ったカレーに、幼い頃、先生が作ってくれたカレーのような力があれば、食べた人全員が幸せな気持ちになり、このようなことにはならなかったように思う。

結局、私はそこそこおいしいカレーは作れても、人の心を動かすカレーライスは作れないのだ——。自分の未熟さに打ちひしがれていると、緊迫した空気を聞き慣れた野田くんの声が切り裂いた。

「めちゃくちゃ旨かった！」

突然、そんな言葉を叫んだ野田くんに、全員の視線が注がれる。

野田くんは片手を高々と挙げると、指先を真《ま》っ直《す》ぐ天に向けた。

「今日のカレー、旨かったと思う奴」

野田くんに同意したのか、隣の男が手を挙げた。

一人、そしてまた一人と、波のように手が挙がっていく。

挙手を見届けた野田くんが席を立ち、私の目をしっかり見据えた。

「ごちそうさまでした！」

野田くんは、私と杉野さんに向かって一礼した。

野田くんの後に続き、食堂中の人々が一斉に席を立った。

「ごちそうさまでした！」

その言葉は、その光景は、私の魂を激しく揺さぶった。

カレーを作る幸せ。

カレーライスを食べてくれる人がいる幸せ。

こちらこそ、私のカレーを食べてくれてありがとう——。

その場にいるすべての人たちに、私は心を込めてお辞儀を返した。

その後は、お代わりを求める人たちが列をなし、私と杉野さんは休む間もなく慌ただしく働いた。


仕事を終えた後、私は駐車場で待つ野田くんの元へ走って行った。

「さっきはありがとう」

「――俺さ、成美さんのこと何にも知らなかったって、今更気づいた」

「どうしてそう思ったの？」

「今日のカレーを食えば、素人が作れるレベルじゃないことくらい分かるよ。どうしてあんなに旨いカレーが作れんだよ、それも聞いちゃいけないのかよ」

「――それは、10分で話せることではないかな」

「何時間かかっても、俺は聞くけど」

野田くんになら、自分の話をしてもいいか――。

私は初めてそんなことを思った。

「それよりおばちゃんの平手、凄かったな。俺、あの人のことちょっと見直した」

「うん。カッコ良かったね」

「あのさ、おばちゃんも良かったけどさ……」

「もう一人カッコいい人がいたね」

「いたよな！」

「いたいた!」

笑い合っていると、野田くんの手が私の手に触れた。私の手を握り締めてきた野田くんの手は思いのほか大きく、乾いた手の平は私の手よりずっと温かかった。


その日の晩、私は店長と奈津さんに手紙を書いた。

次の週、店長から寮に返事が届いた。


『手紙を書いてくれてありがとう。お元気そうでひとまず安心しました。

及ばずながら、僕たちはできる限り成美さんの力になりたいと思っています。

東京に戻って来るときは、必ず連絡をください。

僕のような年齢の者が意見をすると、あなたはうんざりしてしまうかもしれません。ですが少しだけ、思うことを書かせてください。

成美さんの人生は、始まったばかりです。

本当に、本当に始まったばかりなんです。

自分の心に耳を澄まし、時間をかけてゆっくり考え、あなたが望む道を一歩ずつ進んでいけばいい。あなたに残された時間は十分過ぎるほどある。

どうか、そのことを信じてください。』


読み終わった手紙を、自分の胸に押し当てる。

店長の言葉は、私の心にゆっくりと沁み込んでいった。

◆　◆　◆

その後、私は男子寮の厨房で杉野さんと一緒に働くことになった。

それを機に、例の悪評高きバイキング方式の朝食は廃止され、ほどなく従来の和食スタイルの朝食が復活した。杉野さんに容赦なく鍛え上げられた結果、私は炊飯係に任命され、後に朝晩の汁物も担当させてもらえるようになった。

古米をできるだけおいしく食べてもらえるよう工夫を凝らし、面倒臭がらず一から出汁を取って味噌汁を作る。それだけで、厨房から立ち上る匂いに変化が生じた。

炊き立てのご飯の香りと、出汁の風味がふわりと立った味噌汁の香り。

結局のところ、これに勝る香りはないのかもしれない。

香りが食欲を掻き立てたのか、食事を残す人が目に見えて減っていった。

あの晩以降、幸か不幸か杉野さんは、名物おばさんの称号を獲得した。

中にはからかい半分の人もいたが、それでも「ごちそうさん」と言ってくれる人がぽちぽち現れた。杉野さんは顔を引きつらせながら会釈をし、ゾンビのようにぞろぞろ食堂に集まる人たちの表情に、どことなく明るさが感じられるようになった。

仕事は楽しいし、野田くんともそれなりにうまくいっている。だが私は、自炊をしたくてうずうずしていた頃のように、カレーを作りたくてうずうずしていた。

私の夢はカレーライスとともにある。

厨房でカレーライスを作った日、私はそのことをハッキリと自覚した。

だが再スタートを切る前に、胸の奥に引っかかったトヨエツの言葉を取り除かない限り、先に進むことなどできやしない。

「被害者ヅラすんじゃねぇ」

あの時、トヨエツの口から被害者という言葉が出たのは、決して偶然ではないような気がした。その言葉に一番苦しめられたのは、実はトヨエツ自身だったのかもしれない。

トヨエツは毎日カレーを食べることを自分自身に課し、自分なりの哲学を貫いていた。

一見下らないことのように思えるが、毎日カレーを食べ続けることで、ブレない自分を確認しなければならないほど、トヨエツは厳しい現実に立ち向かっていたのかもしれない。

だが……、前に進むことを諦めてしまった私は、未だ壁の向こうへ辿り着けていない。

悔しいが、そんな気がした。

歩みを止めた足に目をやると、がくがく震えるどころか、根っこが伸びたように地面に張り付いてしまっている。端から見たら今の私は、前途多難どころか、土俵にすら上がろうとしない負け犬に見えるに違いない。けれども誰にも見えないところで、私しか気づかぬところで、壁などいとも簡単に飛び越えそうなほど軽やかに、心は勝手気ままに飛び跳ねていた。

勢いづいた気持ちは、もう誰にも止められない。

そう、私の心は再びカレーに向かって走り出していた。

店舗を持たずとも、昼間使っていないお店を間借りさせてもらったり、テイクアウト用のお弁当を作ってもいい。車の免許を取って、フードトラックであちこち回るのも楽しそうだ。

お金がなくとも、お店がなくとも、いざとなれば何とかなる！

自分の甘さはつくづく承知しているし、無理やりポジティブに考えているわけでもない。これっぽっちも根拠はないが、私の心は不思議なくらい澄み切っていた。

諦《あきら》める——。

その言葉を投げ捨てた私は、もはや無敵といえた。

これが私のカレーです！　そんな風に胸を張って人様に出せるカレーライスが作れるよう、思う存分カレー作りに専念したい。だが寮にいては、その望みは叶わない。杉野さんには大変申し訳ないが、私は仕事を辞めさせてもらうことにした。

できるだけ杉野さんに迷惑をかけぬよう、次の人が決まるまで職場に残り、仕事を引き継いでもらう人には、誠意をもって自分が覚えた仕事を伝える努力をした。

「この、根性なし！」

そう言われることを覚悟したが、杉野さんは私を罵倒せず笑顔で見送ってくれた。

駅まで送ってくれた野田くんは、無理やり笑顔を作ろうとして不器用に顔を歪ませた。

私はひとり、東京に向かう電車に乗った。行き先を東京にしたのは、自分が生まれ育った場所だからではなく、別の理由があった。

車窓を流れる新緑を眺めながら、今一度、その理由を思い返す。

私が作ったカレーを真っ先に食べてほしい人――。そのことを考えたとき、行き先はおのずと決まった。

毎日、カレーを食べることを自分に課している人。

威張り散らすくせに、私のカレーを毎日欠かさず食べに来てくれた人。

ホームランを予告するバッターが、バットの先端をスタンドへ向けるように、次なるステージに進む前に、その人に宣戦布告をしに行こう！

再挑戦へのはじめの一歩は、そこから始まるような気がした。

電車がホームに到着した途端、慌ただしい人並に容赦なく揉みくちゃにされる。

大勢の人が目の前を行き交う中、私は自分のカレーにいちゃもんばかりつけてきた人の元へ足を運んだ。

「よぉ、カレー屋」

もう一度、そう呼んでもらうために、雑居ビルの薄暗い階段を一歩ずつ上っていく。

仕事の目途は立っていない。

心に、消えない灯が宿ったに過ぎない。

それでも私は、二階にあるトヨエツの事務所のインターフォンを押した。

トヨエツのことだ。わざわざ訪ねた私の顔を見ても、どうせタバコをふかしながら、あれこれ辛辣なことを言うに決まっている。

だが今の私は、それすら楽しみに思えて仕方がなかった。

なんだかんだ文句を言いながら、私が作ったカレーを誰よりも待ち望んでくれている人。

その答えがトヨエツだという確信は、どんな励ましの言葉より、私の心を力強く動かす原動力となった。

気が済むまでトヨエツに嫌味を言わせた後、私の言うべきことは決まっていた。

トヨエツの目をしっかり見つめ、堂々と胸を張り、大きく息を吸い込んだ後、こう言ってやるのだ。

「私のカレーを食べてください！」

今、目の前で、未来への扉が開こうとしていた。

巻末特別付録

# スパイス料理研究家
# 印度カリー子
# 特製レシピ

*Recipe 1*

# 週替わりカレー第1弾！ 濃厚エビカレー

## 材料（4人分）

・エビ　12～16尾　背ワタは取る
・玉ねぎ　1個
・トマト　1/2個
（トマト缶100gでもOK）
・にんにく　1かけ
・しょうが　1かけ
・水　150ml
・生クリーム　100ml
・塩　小さじ1
・油　大さじ1

## スパイス

ホールスパイス
・カルダモン　5個
・クローブ　5個
・シナモン　5cm
・スターアニス　1個

パウダースパイス
・パプリカ　大さじ1
・クミン　小さじ1
・コリアンダー　小さじ1
・ターメリック　小さじ1/2

## 仕上げのハーブ

・カスリメティ ひとつまみ

## 作り方

**1** フライパンに油を熱してホールスパイスを加熱する。
カルダモンが膨らんだらみじん切りにしたにんにく、
しょうが、玉ねぎを加え、中～強火で10分ほど炒める。

**2** 玉ねぎがこげ茶色になったら、
ざく切りにしたトマトを加えて
ペースト状になるまで2～3分炒める。

**3** パウダースパイスと塩を加えて
弱火で1分ほど炒める。

**4** 水、カスリメティを加え沸騰したら、
エビを加えてふたをして弱火で5分ほど煮る。

**5** 生クリームを加えて塩（分量外）で味を調える。

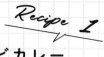

*Recipe 2*

# カレー祭り第2弾！　魅惑のキーマカレー

## ● 材料（4人分）

・合い挽き肉　400g
・玉ねぎ　1個
・トマト　1/2個
（トマト缶 100g でもOK）
・にんにく　3かけ
・しょうが　1かけ
・ヨーグルト（無糖）　80g
・塩　小さじ1
・油　大さじ1

## ● スパイス

ホールスパイス
・カルダモン　5個
・クローブ　5個
・シナモン　5cm
・ベイリーフ　1枚

パウダースパイス
・クミン　小さじ2
・コリアンダー　小さじ1
・ターメリック　小さじ1/2
・チリペッパー　小さじ1/2
・ブラックペッパー　小さじ1/4

## ● 仕上げのハーブ

・カスリメティ ひとつまみ

## ● 作り方

**1** フライパンに油を熱してホールスパイスを加熱する。
カルダモンが膨らんだらみじん切りにしたにんにく、
しょうが、玉ねぎを加え、中～強火で10分ほど炒める。

**2** 玉ねぎがこげ茶色になったら、ざく切りにしたトマトを加えて
ペースト状になるまで2～3分炒める。

**3** パウダースパイスと塩を加えて
弱火で1分ほど炒める。

**4** 挽き肉、カスリメティを加えて
中火で2分ほど炒める。

**5** よくかき混ぜたヨーグルトを加えて、
塩（分量外）で味を調える。
※ヨーグルトはよくかき混ぜておかないと
ダマになる。

※トッピングの卵黄はお好みで

Recipe 3

# 自分史上最強！　濃厚バターチキンカレー

## 材料（4人分）

- 鶏もも肉　400g
- トマト　1個（トマト缶200gでもOK）
- にんにく　1かけ
- しょうが　1かけ
- 水　150ml
- 生クリーム　100ml
- カシューナッツ　30g
- バター　15g
- 塩　小さじ1

## 仕上げのハーブ

- カスリメティ ひとつまみ

## スパイス

**ホールスパイス**

- カルダモン　2個
- シナモン　2cm
- スターアニス　2かけ

（1個から8かけとれるので、1/4個分）

**パウダースパイス**

- クミン　小さじ2
- コリアンダー　小さじ2
- パプリカ　大さじ2
- チリペッパー　小さじ1/2

## 作り方

**1** ホールスパイスはミルにかけて粉末状にする。
カシューナッツも別に粉末にする。
※スパイスと一緒にミルにかけるとナッツの油分でスパイスが粉砕されないので注意する。

**2** フライパンにバターを熱し、
すりおろしたにんにく、しょうがを中火で炒め、
香りが立ってきたらざく切りにしたトマトを加える。

**3** トマトがペースト状になるまでヘラで潰しながら炒める。

**4** **1**のスパイスとパウダースパイス、ナッツ、
塩を加えて弱火で1分ほど炒める。

**5** 一口大に切った鶏肉、水、カスリメティを加えて
ふたをして弱火で15分ほど煮込む。

**6** 最後に生クリームを加えて塩（分量外）で味を調える。

Recipe 4

# トロ子と食べた豚の角煮カレー

## 材料（4人分）

| | |
|---|---|
| ・豚バラかたまり肉 | 400g |
| ・玉ねぎ | 1個 |
| ・トマト | 1/2個（トマト缶100gでもOK） |
| ・にんにく | 2かけ |
| ・しょうが | 1かけ |
| ・青唐辛子 | 1本（ししとうでも代用可能） |
| ・水 | 150ml |
| ・ココナッツミルク | 100ml |
| ・塩 | 小さじ1 |
| ・油 | 大さじ1 |

## スパイス

**ホールスパイス**

| | |
|---|---|
| ・カルダモン | 5個 |
| ・クローブ | 5個 |
| ・シナモン | 5cm |
| ・スターアニス | 1個 |

**パウダースパイス**

| | |
|---|---|
| ・クミン | 小さじ1 |
| ・コリアンダー | 小さじ1 |
| ・ターメリック | 小さじ1/2 |
| ・チリペッパー | 小さじ1/4 |

## 作り方

【下準備】

豚バラ肉は一口大に切って、ブラックペッパーと塩各小さじ1/2（分量外）をよく揉み込んでおく。

**1** フライパンに油を熱してホールスパイスを加熱する。
カルダモンが膨らんだらみじん切りにしたにんにく、しょうが、
1mm厚以下に薄くスライスした玉ねぎを加え、中～強火で10分ほど炒める。

**2** 玉ねぎが茶色になったら、ざく切りにしたトマト、
半分に切った青唐辛子を加えてペースト状になるまで2～3分炒める。
※強い辛味があるため、青唐辛子はタネを除いても良い。

**3** パウダースパイスと塩を加えて弱火で
1分ほど炒める。

**4** 肉を加えて中火で2分ほど炒め、
水を加えてふたをして弱火で10分ほど煮る。

**5** ココナッツミルクを加えて、
塩（分量外）で味を調える。

本作は、第2回日本おいしい小説大賞受賞作
「私のカレーを食べてください」を加筆・改稿したものです。

幸村しゅう（ゆきむら・しゅう）

映画助監督、介護予防デイサービス兼鍼灸治療院の経営などを経て、小説を書き始める。

編集　石島七海
　　　荒田英之

私《わたし》のカレーを食《た》べてください

二〇二一年一月二十七日　初版第一刷発行


著者　幸村しゅう

発行者　飯田昌宏

発行所　株式会社小学館
〒一〇一－八〇〇一　東京都千代田区一ツ橋二－三－一
編集 〇三－三二三〇－五九五九　販売 〇三－五二八一－三五五五

DTP　株式会社昭和ブライト

印刷所　凸版印刷株式会社

製本所　株式会社若林製本工場



ISBN 978-4-09-386605-7